遠藤周作初期エッセイ

ころび切支丹《キリシタン》

遠藤周作

河出書房新社

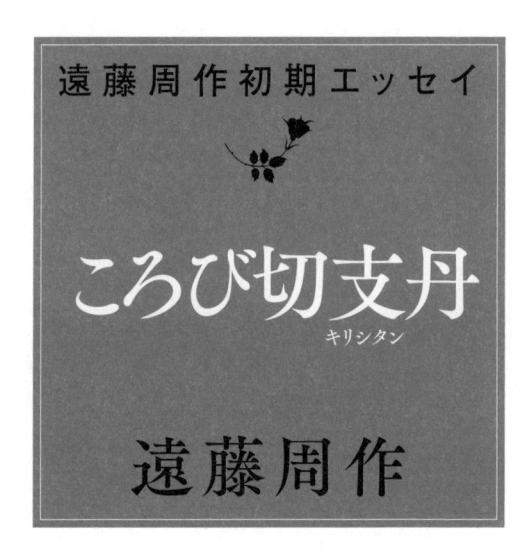

ころび切支丹《キリシタン》　遠藤周作初期エッセイ　†　目次

I

資料協力＝長崎市遠藤周作文学館
町田市民文学館ことばらんど

ころび切支丹《キリシタン》

遠藤周作初期エッセイ

I

フランス・カトリック文学展望——ベルナノスと悪魔

N様

二週間程前から此の高原に来ております。朝夕は乳色の霧が肌を痺らす程冷えますが、午前、その霧が日の光に薔薇色に溶けると、冷い程青く澄んだ日本アルプスの山波が遠くに拡がります。僕の今いる古宿という村は、木蓮に似た辛夷《こぶし》の花や連翹《れんぎょう》の黄色い花で、すっかり埋っています。そんな花なんぞ、うつけた様に見ていると、僕なんぞ一日怠けほうけてしまう。毎日そうやって、林の中に本を持って行っては、辛夷の白い葩《はなびら》を透して冷い青空を見ていると、貴方の大好きな、フランシス・ジャムの可憐な詩がつい唇を衝いて出てしまうのです……

然し僕が今日も読耽っていた本は、そんなピレネー山脈の麓で美しいカトリックの牧歌を歌い上げていたジャムの世界とは全く違った、もっと苦渋な、もっと暗い人間の魂を描いたジョルジュ・ベルナノスの書物なのでした。貴方や僕が今迄不当に理解されていたあのモリヤックの小説を、単に小説家モリヤックとしてではなく、カトリック者モリヤックの立場から眺め始めた時、――人間の心理把握のみごとさや、作中人物の自由の尊重だけではなく、人間の運命と恩寵の闘いを、或は諸聖人の通功の客観的な功徳を彼の小説の中に発見した時、僕たちは此のカトリック作家が我国の読者たちに全く表面的にしか理解されていないことを知ったのでした。それは僕たちにとって大切な一瞬でした。僕たちはカトリックの気候の中で育ったフランスの小説を全く自己流に、全く勝手至極に読耽ったのではありませぬか。それ故に未だ、自己流によみうるモリヤックは兎も角、ジョルジュ・ベルナノスやレオン・ブロワを吾が粗製濫造の翻訳界が敬遠するのは無理からぬ話です。此のモリヤック自身が、「神と悪魔」の一章で（後にそれはカトリック大辞典に補足されて載せられていますが）フランス・カトリック作家の第一人者としてあげているベルナノスの一作も、未だ日本に紹介されておりません。一九二九年にフェミナ賞をもらった「歓喜」も「ペテン師」も「罪」も――グリーンや、ヴァン・デル・メルシュの如きカトリック作家の翻訳がぼちぼち出だした今日も未だ、日本語に移されていないです。何よりも僕たちは、今、木村太郎先生がお訳しになっていられる「田舎司祭の日記」が「悪魔の陽の下に」と共に、正しいカトリックの立場で解読出来る日を待っております。

然しそれはまたあのベルナノスの、烈しい、固い、粗雑な文体のせいでしょう。御存知のように未熟な僕のフランス語では相当ベルナノスには悩まされましたが、最近アルフラントというオランダの批評家のベルナノス論をよんで、彼がベルナノスの文体はロシヤの小説の翻訳みたいだ、明晰なフランス伝統から見ると悪文であると語っているのを知り、一寸意を強くしました。だが、僕が此の二三日、林の中で、或は夕暮のヴェランダで、ぼちぼち翻訳している「悪魔の陽の下に」では、かえって此の烈しい、灼熱した文体が、その神秘的な雰囲気と、神と悪魔との間にあって苦しむドニサン師の苦悩を、一層怖しく、一層不気味に、表現させています。

今日、カトリック小説の裡にあって、此の「悪魔の陽の下に」は如何なる位置と意味とを持っているのでしょうか。シャルル・デュボスが、あの「フランソワ・モリヤックとカトリック作家の問題」を世に問うてから、カトリック作家の任務は、非カトリック作家のそれより愈々《いよいよ》困難な形をとっておりますが、これら真摯なカトリック作家にとって、聖者の心理を描くということは大きな試みになったのでした。然し、モリヤックも申しておりますす様に、人間心理の探究を一使命とする文学が「既に救われてしまっている」「既に人間の苦悩から脱した」聖人を描くのは、文学本来の使命から逸脱しないかという不安がカトリック作家を不安がらせたのでした。つまり、人間の悪魔的な世界に進んで身を投じようとする新しいカトリック文学形式から見れば、「浄い、余りに浄い」聖人の心理は、それ自身は尊くとも、文学の探究の目的とはならなかったのです。然し「カトリック作家こそは神と対決する聖者の神秘的世界を描くべきだ」と申したジョセフ・マレグユの言の如く、此の孤高な世界こそカトリック作家のみがよくなしうる世界であることは勿論です。僕たちはその点十字架の聖ヨハネの「霊魂の暗夜」やアヴィラの聖テレジアの「霊魂の城」を思います時、聖者の世界は決して平和安泰なそれではなく、かえって聖者なる故にサタンの烈しい攻撃に晒されるとさえ思うのです。

「田舎司祭の日記」に於てベルナノスが描いた司祭像は、今申上げた様な人間世界を超えた孤絶の神秘世界の裡には置かれず、胃をやみ、公教要理の子供に嘲られ、最後まで俗世間の仕事に失敗をつづけた、可憐なまでに純真な聖者でありました。彼の直面した世界やその苦しみは、この俗世間を通して永遠の恩寵に通じたのであります。然し、「悪魔の陽の下に」に於てドニサン師が直面するものは、神と悪魔とのみに対決する神秘的な世界であり、この超絶した孤独にあってドニサン師の灼熱した苦悩が描かれるのです。真実、僕の様に気の弱い者は「田舎司祭の日記」の聖者に愛着と親密さを感じましたが、此のドニサン師に対しては戦慄と恐怖をさえ覚えたのでした。……

此処に僕たちが考えねばならぬ事があります。何故僕はドニサン師に恐怖を感じたのであるか。何故僕はドニサン師に従えないのであろうか。

ベルナノスはフレデリック・ルフェーブルに宛てた手紙（金の葦、クロニック二号）で、人生の問題は苦悩の問題であり、それは罪の問題から究明されると申しておりますが、従ってかかるベルナノスの世界にあっては罪の誘い者悪魔の役割は重大です。ベルナノスの小説がジャンセニズム的空気を含んでいる事、そしてその小説が悪魔の小説であるといわれる所以も此処にあるのです。悪魔主義なる言葉から当然想起されるのはあのアンリ・マシスがジイドのコリドンに放った非難の言葉であり、またモリヤックの小説もマリタンの指摘する如く或意味で悪魔主義的なのですが、ベルナノスの悪魔と、ジイドやモリヤックの悪魔とは意図的に違っております。ジイドの神が観念であった如く、その悪魔もジイドの主観の観念にすぎず、またモリヤックの小説で恩寵に対立する悪魔的世界は非常に消極的に内の世界で表現されておりますが、ベルナノスのサタンは「歓喜」に於ても「ペテン師」に於ても、又特に此の「サタンの陽の下に」に於ては、単なる人間の弱さや誘惑のアレゴリイではありません。彼は生ける実在であり、不気味な声で哄笑し、人間の如く人間の間を歩くのです。一切の思想的観念の下に宗教を把握する者を罵るベルナノスは（それが彼の理性否定としての弱点ですが）、悪魔を単なる象徴や観念とは考えませぬ。神が実在である如く、悪魔も亦生ける実在です。それでなければあのドニサン師は何故に最後迄、悪魔と神との間で混乱し迷ったのでしょう。死せる子を復活させる事をドニサン師に命じたのが神であったか、悪魔であったか……

僕は怖れたのでした、ベルナノスは此の点で誤っていたのではありませんか。彼は天主と同じ全能の力を悪魔に与えたのです。サタンを強調するのは正しい。「私は罪におののく者を書いたのではない。彼等の恐怖を人々に示したかったのだ」と此の小説の意図についてベルナノス自身語っていますが、かかる意味でもカトリック実存小説と云える此の作品の最大欠点は、その文体や構成の粗雑さよりは寧ろ、正しい教義に即して神秘主義を導かなかった点にあると思います。カトリック者にとって、悪魔は強力な実在です。然し彼は神に勝てないのです。天主の恩寵がドニサン師に下らぬ筈はありませぬ。ベルナノスは此の点を歪曲しました。ドニサン師は主を見出す一切の休息と救い迄捨てなかったでしょうか。

アルスの田舎司祭聖ヴィアネィをモデルにしたと云われる此のドニサン師に僕が追従しえなかったのは、此のベルナノスの苦悩の強調と罪の恐怖の過大視とのためです。それはジャンセニズムの過誤です。マリタンはかかる間違った不安を純粋ペシミズムと呼んだのでした。実際、カトリック者は、最も苦悩する聖者は彼等の苦悩と共に神の愛を感じ、悦びに身を委せる事の出来るのを知っております。先にも述べた「霊魂の暗夜」や「霊魂の城」に表現された神秘者の苦悩の夜も、決して人間が超えられぬものではないと教義は教えてくれているのです。僕たちは、ドニサン師の中に、神を求めて神を見失う苦しみの連続と絶望とを感じるならば、それは断じて拒否せねばなりますまい。モリヤックの小説が実は諸聖人の通功の小説に他ならなかった事を僕たちは考えたのでしたが、ベルナノスの小説の中にも僕たちはカトリック的な部分とカトリック的ならざる部分を見出したいと思うのです。

然し……それだからと云ってあの傑作の真価は損われますまい。僕は思うのです。僕はジイドよりもベルナノスが考えられる日が僕たち二十代の青年に来る日を思うのです。僕たちは今こそ神を考えねばならぬ日に邂《めぐりあ》って来ているのです。悲しいかな！　僕たちの多くの友達は依然として汎神論と一神論を混同したり、近代実存主義の審美的へロイズムに酔っています。何故真正面から自分たちの敬遠するカトリックにぶつからないのでしょうか。何故、理解しやすい文学を真なりと断定し、理解しがたい文学を無縁なものと遠ざけるのでしょうか。僕たちの汎神的な血に抵抗し、挑むあのカトリシズムの世界を探究する決意がない限り、モリヤックもクローデルもグリーンもマリタンもマシスもペギイも、これら近代フランス文学の一切の巨峰は自己流な安易な解釈の下に読了されます。洪水のような翻訳文学に対して、吉満先生が「ジイドの如くパスカルを読み」と歎かれたお言葉を、今こうやって山荘の夕暮、ヴェランダから、乳色の霧の包みはじめた林を眺め乍ら僕はふいに思い出しました。

何だか勝手な事ばかり書きました。どうぞお読み過し下さい。ジャムの詩集があったら二冊程お送り下さいませんか。

フランス・カトリック文学その後

第二次大戦という仏蘭西《フランス》にとっては苦悩と敗北との長い日々は亦、此の国の文学者の誠実を賭ける重大な期間であった。四年間に渡る独逸軍の占領期間にあって、彼等は暴力の前に精神を屈服さすか、或は敢然とナチズムの前に自由を戦いとるか、此の二者の裡一つの選択を強いられた。所謂、抗独運動なる血みどろの戦いは、文学者の裡に此の日から始った。かつて、先輩仏蘭西文学者の帰趨を左右したドレフュース事件以上に此の抗独運動は、現代仏文学の上に重要視されねばならない。此の抗独運動に対する選択が、戦後の文学者を計る規準となった。その厳しさは、甘ちょろい日本文壇などの想像以上である。直接対独協力をなした、或いはその疑いのある文学者たる――例えばモオラス、ドリュ・ラ・ロッシェル、シャルドンヌ、モンテルラン、フェルナンデス、等は容赦ない裁断を受けた。

「ジル」「女達に覆われた男」の作者が痛ましくも自らの命を断った事実は此の処断の厳

しさを物語るものである。一方抗独文学の主流をなしたアラゴン、エリュアル、ヴェルコオール、シャンソン、カスウ等が若い世代の共感を帯びているのは、一つにはあの暗い惨忍な日々に於ける此の人たちの勇気と決意とに依るものが多い。且またファシズムに反対して沈黙し、或は亡命した作家（モオロア、ベルナノス）たちすら著しく戦前の名声を失ったという事実は単に、四年間の本国との交流遮断だけの為ではない。

さて此の間にあってフランスカトリック文学者たちは、如何なる運命を持ったであろうか。まことに此処にも凄惨な死とヘロイズムを賭けた人々がいる。マックス・ジャコブ、モウリヤック、ギラン・ド・ベヌヴィル、此の三人の足跡をたどってみる事は、戦後のカトリック文学の出発点となるであろう。

巴里を離れて、サン・ブノアに隠退したジャコブの上にも暗いゲスタポの翳は落ちていた。第一に此の詩人はナチスにとって憎悪の的であるユダヤ人であった。マックスの兄弟は単にデュウであるが故に店を没収され亦その妹はドランシーの収容所に送られていた。彼の親友、ポール・プティすらもドイツ警察の手に陥ちていた。平和な海岸村サン・ブノアにあってもジャコブは決して安心していられなかったのである。彼は既に自分の死を考えていた。「ユダヤ人として死ぬのは嫌だが、カトリック者としてならばそれを選ぼう。それは僕を脅かす耄碌、また、サン・ブノアの救護所の鉄寝台上の犬死より、遥かに立派だ」と。此の予感は嵐の前の黒雲の様に次第に事実となって現われ始めた。独逸軍がフランス占領直後ゲスタポの士官たちがサン・ブノアに臨検に来た。そして教会を見廻った後基督《キリスト》十字架像の方に来たジャコブを見とがめる。彼等はジャコブの顔から此の男がユダヤ人である事を認める。彼等は数日後、ジャコブの家を訪れ、画筆を運ぶ此の詩人に——詩人は、絵によって生活の糧をえていた——愚劣な尋問を繰りかえす。そして証拠不充分に致し方なく退去する。こうした日がサン・ブノアに居るマックス・ジャコブの上に次第に重苦しい影を与える。一九四二年の彼の手紙の中には次の様な言葉がある。「いやな連中に圧迫されて僕は暗い気持だ」

一九四四年、二月二十四日のゲスタポの訪問はジャコブの運命を遂に決定的たらしめたものであった。ただ、ユダヤ人であるだけの故に、ただカトリック者である故に此の邪気のないベレエ帽をかぶり木靴をはいた老人を彼等は術策を用いて連行した。行先は？　ヴィージエーヌ・ヴィニヤ街の牢獄。そこから詩人は他のユダヤ人と共にドランシーに向って送られる。此の時の彼の書簡（フロー神父宛）は悲痛である。「私はすぐにドランシーに向う所です。車中、私は、悔い改めています。神と友人とを信じています。これから始まる殉教者としての感謝をささげます……私は絶えず祈り、どなたをも、恐れは致しません」

此の手紙を最後としてジャコブからの消息は友人たちの間に途絶えた。サッシャ・ギトリ、マルセル・アルラン、ジャン・コクトオ等の懸命なジャコブ救助の努力にも拘らず、一切は不明と沈黙の沼に……。

三月七日、ジャコブは殺された。ゲスタポの手によって他のユダヤ人と共に集団殺戮の犠牲となったのである。死体はコクトオによって発見された。「ユダヤ人として死ぬのは嫌だが、カトリック者としてなら、それを選ぼう」と語った詩人は此の日、遂にその生命を主に返したのであった。いわばそれは異教徒に対する殉教者の運命にも似た最後であった。彼が流した血は無駄ではないであろう、その血を償いつつ新しいカトリックの青年文学者たちはジャコブを殺したものに対して戦うであろう。ジャコブを殺したもの——それはカトリック文学者の眼には単にナチスとか、ゲスタポとかのみではない。もっとその背後にひそんだ人間の悪の問題である。或は神を否定する事によっての人間性の否定の問題である。此処に於て僕等はギラン・ド・ベヌヴィルの事を考えねばならない。フランス・カトリック文学を学ぼうとする者は一度は此の評論家、「ボードレール」論の著者の名をノートに記入した事があるであろう。けれども、戦前の彼は寧ろ他のカトリック文学者の絢爛たる名声に比べれば寧ろ黙殺されていたと云って良い。彼が知られるに至ったのはあの戦時中に於ける実践的な抗独運動の参加と、そこに於ける、なまなましい体験を記述した「朝の犠牲」（一九四六年）によるものである。此の「朝の犠牲」は六百頁になるぼう大な作品であり、倖いにも日仏会館に於ける仏蘭西図書展覧会で僕等も親しく手に取る事が出来たのであった。ベヌヴィルは、モウリヤックの様に戦争圏外を脱れて抗独の態度を声明したのと異り、直接にマキザアルとして運動の渦中に飛び込み、その中心人物となったのである。バレスと云う変名のもとに彼は国外との連絡、テロ、脱走、拷問、処刑と云う危い一線を身を以て渡ったのである。運動の最中に彼は結婚するが、新妻と別れ別れになり、アルジェリヤに於てドゴール将軍に会い、続いてイタリア戦線に参加、米英の仏国上陸と共に再びフランス本土に帰る。四四年の大検挙（此の頃は大量殺戮も行われた懼るべき年であった）にも危く脱れてスペインに亡命している。

此の様な当時の抗独運動の正確な記録としてゴンクウル賞作品であるフランシス・アンプリエルの「大休暇」、ダヴィド・ルウセルの「収容所の世界」と共に並び称される貴重な体験告白はカトリック者ベヌヴィルの上に「戦争とカトリック者」の深い思索が一つの光を投げ与えている。カトリック者としての彼はもとより戦争を暴力を否定する。けれども、戦わねばならぬ日には戦わねばならぬ。

「自由のために戦争をする時、暴力を以て自由を奪うものに対して抵抗する時」には戦わねばならない。その為に払う犠牲は神の栄光を地上にもたらす為の善きことの為の戦いである。抗独運動はそれに加わる人にとっては新しい生への「朝の犠牲」であり、又それに続くカトリック者は「夕の犠牲」を果さねばならない。ナチズムが終滅してもカトリック者ベヌヴィルにとっては戦いは終ったのではない。神を喪った近代社会に、霊性の優位を恢復する為に繰りひろげられる今後の戦いは武器なき戦いであり、祈りと犠牲と愛とによる戦いである。今や「朝の犠牲」は終った。それと共により重い、より困難な、然し大切な犠牲が信仰者の上に要求されるであろう。ベヌヴィルは亦此の戦いの日に、収容所にあって「聖ペトロ伝」を書いた事を附言して置こう。

モウリヤックについては既に白井浩司氏が望楼に、有益なエッセイを寄稿していたから僕等は詳しくは、それにゆずり度い。一九四三年までスイス、ポルトガル、南米、バルカン諸国の新聞に本名で寄稿していた彼も、ヴィシイ政府からドゴール派として告発されるやフォレなる変名の下に彼は抗独運動に参加したのである。彼の反独の記録は、深夜叢書の一冊として、「黒い手帖」の名で出版された。けれども彼の反ナチズム的な傾向はその時始ったのではなく、既に戦前に発表された日記のⅡ、Ⅲに所々散見出来るのである。その中にはヒットラーを此の世の中で最も不幸な人間として取扱っている。

一九四四年八月、復刊されたフィガロ紙にモウリヤックは定期的に評論を送ったが、これ等は（一九四五年三月まで）「解かれた猿轡」と云う題でグラッセから上梓された。其処には第四共和国の中心としてのドゴール将軍への信憑や亦、祖国仏蘭西を思う彼の切々たる心情が語られている。「愛の下手な人たち」は抗独運動に倒れた彼自身の甥、ミシェル・ブルースに献ぜられているのであるが、そのデェディカシイオンは勇敢にして正しかった此の青年を悼むと共に、此の夭折した若人、ミシェルのみならず、すべての抗独運動の尊い殉国者の血は決して無駄でないでろう、あとに続く青年は君たちの血を貫いて善き事の為に戦いつづけるであろうと語っている。

「解かれた猿轡」と云い亦ベヌヴィルの「朝の犠牲」と云い、その題名は共に、あの暗い苦しい戦いの日々をその儘、物語っている。カトリック文学者も、他の作家達とその時は分裂すべき日ではなかった。その根本理念に於ては思想を異にしていても、人間の自由を暴力を以て圧迫する全体主義、ナチズムに対して彼等と一致協力して戦わねばならなかった。それ故にモウリヤックもベヌヴィルもアラゴンやヴェルコオルやエリュアール、その他コンミュニスト達とすらも手を握って抗独運動に邁進したのであった。けれども今、猿轡は解かれ、朝の犠牲が終った日、カトリック文学者は、再び自己の陣営に戻って、神を否定して人間のヒロイズムに虚無を与えんとする文壇の新潮流に、同じ近代の苦悩者としての共感を示しつつも、それを越えてより高き生命に抱かれる路を拓き、或は社会の不安状勢に乗ずる赤い炎に対して、霊性の優位を主張せねばならない。事実、新しい若いカトリック文学者は、ロップ、マドオル、エマニエール、グリーン、メルシュ・フュウメ等を第一線として、モウリヤック、クローデル、ベルナノスなど老大家を背後に第二のレジスタンスを開始する。然しそれは、もはやナチズムに対してではなく、唯物主義と新しい全体主義の脅威に対しての、抗敵運動である。或は亦、もっと形而上的な神を失った近代社会、近代精神との戦いである。けれども彼等は決して近代そのものを拒否するのではなく、自らもその一人として、他の善き誠実な苦悩者たちと泪の裡に共感しつつ、それを貫いて永遠の摂理を此の地上に意義あらしめんとするものである。此の後の展望については与えられた紙数が許さないので、改めて何時か書き度いと思う。ただ、次に戦後のカトリック文学者の新作、並びに新版のリスト中興味あるものを紹介しよう（此のリスト作成は、佐藤朔教授の御援助に負う所が多かった。此処に紙面を借りて謝意を表する次第である）。

1. François Mauriac

Cahier noir; (Grasset)	1944
Les mals aimés (Grasset)	1945
La pharisienne	1946
Le Baillon denué	1945

Du côte chez Proust; Table Ronde 1947

Passage du Malin 1948

Réponse à Paul Claudel（アカデミイ・フランセーズに於ける献辞）3. mars, 1947

2. Charles Du Bos

Journal 1946

Etude, Souvenir (Didier) 1946

Grandeur et misère de B. Constant (Correa) 1945

3. Maxence Van der Meersch

La petite sainte Teherèse (A. Michel) 1947

4. Ramuz (C. f.)

Journal

Adieu à beaucoup de Personages et notes (Lausanne) 1948

Carnet (H.-L. Mermod) 1947

La vie de Samuel Bulet (Gallimard)

Aline (Pointes sèches de P. Venot)「限定版」

5. Paul Claudel

Introduction à l'apocalypse

Frésence et Prophète

La rose et le rosarie (L. U. f)

Sous le signe de Dragon 1948

Visages radieux 1946

Du côté de chez Ramuz 1948

6. Pierre Emmanuel

Sodome (Libraire de L'université de Freibourg)

Tristesse, O ma partie! (Fontaine)

7. Georges Bernanos

Lettre aux Anglais

œluvres en six volumes (Plon)

(米国より全集発行さる)

7. Daniel-Rops

Où passent les anges (Essay) 1947

8. Péguy et les cahiers. (Gallimard) 1947

Textes concernant la gérance des Cahiers de la quinzaine, choisis par Mme Péguy.

9. Henri Bordeaux

Le diable avoué 1947

10. Julien Green

Si j'étais vous (Plon) 1947

11. Albert Samain et Francis Jammes

Correspondence inédite (Emile-Paul)

（此のリストには Maritain 夫妻 Gilson 等は省略した）

カトリック者と作家の矛盾

私の小説は判りにくいといわれています。それはぼくがカトリック信者だからかも知れません。

作品に則していってみましょう。

ぼくの小説は、第一に象徴を大事にしています。たとえばふいと出てくる雪とか石にしても、日本の素朴リアリズム小説を読むつもりで読みすごされては困るのです。ぼくにとっては非常に重要な意味をもっているのですから。

象徴を大事にするのは、ぼくがカトリック者だからです。カトリックはプロテスタントと違って象徴を重んじます。それはミサとか聖体とか、教会のいろいろな儀式とかをみれば判るでしょう。カトリックではいかなるものも神がつくったものとしてある意味をもっているのです。ぼくが小説のなかにふいと出してくるものが、みなある意味をもっていて、人間の救済とか堕落とかにかかわってくる仕組になっているのもそのためです。読者はそこに注意してほしいと思います。

第二にぼくの小説は、陰惨で暗いといわれています。これはぼくが、ネガの方を書いているからなのです。そのネガに光りをあて映像をつくるのが、読者もしくはぼくの気持からいえば神なのだと思っています。神の光りがネガを焼きつける、そこにカトリック者としてのぼくの小説の立場があるのです。

第三にぼくの小説には、よく拳銃が出てきたり、殺人が出てきたりします。これはぼくがスリルを大事にするからです。ぼくにいわせれば、スリルとは信仰の感情みたいなものです。俗に神にすがるとか願をかけるとかいいますが、そういう信仰の感情は危機においこまれたときに出てくるもので、平常はあまり感じられません。そこでぼくはその危機を、具体的に書きたいという気持になるのです。

以上はぼくの小説がなぜ判りにくいかを技法的な問題の一、二の面で書いてみたのですが、最後にカトリック者であり作家である、自分自身の思想的な苦しみ、矛盾とでもいうようなことを書いておきます。

カトリック者としてのぼくは、きたないものを見たくないという気持があります。しかし作家としてのぼくは、見なければ作家としての義務に反するという考えをもっています。ですからきたないものを見ることによって、カトリック者としての義務と抵触する場合がしばしばあります。そういう点でカトリック者の側からも陰惨視され、一般読者からも理解されにくくなる、そこがぼくのいまの悩みなのです。その矛盾を解決するのがぼくの当面の課題だと思っています。

聖年について

聖年とはカトリック者にとって悦びの年なのです。何故かと申しますと、此の定められた歳は、教皇がイエズス・キリストの御名によって贖罪の賽物を信者に頒ち与え給う祈りと悔悛と赦しの歳だからです。旧約をおよみになった方は、その頃、神に罪の赦しを求める様々の行事が行われた事を御存知でしょうが、新約時代に入った教会の行う此の行事は全くちがった意味を持っています。即ち、教会が此の贖罪の「賽物」を信者に頒ち与えるのはイエズス・キリストの十字架上の犠牲に負うものであり、またその権能を与えられたのはペトロの後継者としての教皇だけなのです。

ペトロが殉教したローマが教皇座に定められてから、此のキリスト教会の中心地に集まる信者、巡礼者のむれは年毎に数をましました。そこで、十四世紀に教皇ボニファス八世は聖年を制定して信者の熱烈な贖罪の要求に応《こた》えられたのでした。以後二十五年、あるいは五十年、また基督の御年齢を記念して三十三年毎に聖年が定められました。ダンテが此の式典の有様を歌ってから、その年毎に幾百里の道を巡礼者たちがさまざまの苦渋にたえて、馬で徒歩でローマに上ったのです。

この前の聖年は二十五年前の一九二四年でした。その始まりの式典は十二月二十四日の午後十一時二十五分から始まりました。前教皇ピオ十一世は、二十七人の枢機卿と六十人の司教その他を従えられて、聖ペトロ大聖堂奥の間にある聖門に行き、平年には壁で閉され黒大理石で十字架の印されたこの聖門を黄金の小槌で三度叩かれました。壁が倒れ除かれると、教皇は右手に十字架、左手に蠟燭を持たれ、聖門の敷居にひざまずかれて聖歌「テ・デウム」を歌われました。この時、聖ペトロ大聖堂の鐘が聖年開始をたからかに告げ、全ローマの鐘がそれに答えました。開かれた聖門は聖年が終るまで開かれていました。

さて今年（一九四九年）の御昇天の日（五月二十六日、聖母御昇天の日）に、教皇ピオ十二世は古来の伝統にならって、典礼聖省長官のアルフォンソ・カリンチ枢機卿に、来年一九五〇年を聖年となすと云う教書を公式に発表されました。此の教書のなかで法皇は、社会階級の争いが正義と愛徳とによって解決され、貧しき者が適当な方策によって相当な生活を保障されるよう、又全世界の平和のために努力することを信者に勧められています。

この来るべき聖年に対して、既に新聞でもお読みになった事と思いますが、約三百万人の巡礼団（イタリア人二百万、外国人百万）が、古き昔の信者のようにローマを目指して上るはずです。聖門開きに間に合うようにアルゼンチンの四巡礼団二千名がまずクリスマス前に到着するでしょう。つづいて米国四、カナダ二、イギリス七、アイルランド七、フランス百十、ベルギー二十一の各巡礼団と云うように世界各国から集まる御客に対し、主要鉄道や航空会社は四割から八割の割引をするらしいのです。ヴァチカン当国やイタリア政府ローマ市も協力して二万二千のベッドを供給するほか、ローマの男女修道院の修道士の力をかりて聖年のために特に宿泊所を建てました。これは聖年がすめば労働者のためのアパートとなるはずです。貧しい巡礼者のためにも当局は聖ペトロ大聖堂近くに大きな料理場を建て、一日おきの食事を無料で提供するはずです。報道もヴァチカン放送局から主要儀式のすべてが世界に放送されます。聖年最初のミサで放送されるのはグレッチオの洞穴での真夜中のミサです。

今度の聖年中には、さまざまのカトリック国際会議や列聖式（福者をして聖人の位に列する式）など盛んな行事が行われるでしょうが、その福者の名はフランス王妃だったジャンヌ・ド・ヴァロアを始め、ヴィンチェンチア・ローザやマリヤ・ゴレッティなどだと云う話です。何しろ四億二千三百人の全世界カトリック信者が待望する年ですから、この聖年をめぐっていろいろの噂がとんでいます。その中でも特に興味ふかいのは、聖ペトロの遺骨発掘の結果がこの年に法王庁から発表されるだろうと云うニュースでした。真偽のほどはわかりませんが、事実とすれば、考古学上、またカトリック教義上の重大問題にかかわることだけに人々の注目をひいたのです。

カトリック作品をよむ時

ぼくは仏蘭西文学の学徒としても、まだ初心者で充分な資格はございませんが、ぼくの専門に勉強している領域のカトリック作家のものをおよみになる場合を予想して、申し上げます。

翻訳をよむ場合、つい安易によんでしまうような言葉・句・節が、ある抵抗感や距離感をおびてまいります。翻訳の便利さであまりに狎《な》れすぎ、自己流に屈折していた彼等の世界が、突然、ぼくらのそれに対立してくるのです。それはたんに神とか恩寵とか十字架というような、ぼくらに縁遠い言葉に出合った時だけではありません。さりげない黄昏の葡萄畠の描写、さりげない暁の空の描写を通して彼等とぼく等のちがいがまざまざとわかってきます。基督教的作家の場合ではこの自然描写に特に注意をおはらい下さい。

すると次に小道具に使われている一寸した事物（たとえばペン、拳銃など）が作中人物の魂の救済に非常に関係していることが段々わかってきます。勿論、多くの場合、カトリック作家はそれについて何の説明も加えませんが、それはカトリックが新教とちがって象徴ということを重んじるからです。

キリスト教と民主主義

普通、共産主義を奉ずる人々はキリスト教を民主主義発展の障害物のように考えています。日本のようにキリスト教の伝統のない国ではこのことはピンとこないかもしれませんし、実際、日本の共産主義は資本主義社会や封建社会を敵として考えても、キリスト教を当面の障害と思うようなことは、まず、ありません。だが外国では共産主義と真向から対立しているのは何よりもキリスト教なのです。

これには当然の理由がある。まず第一に世界の様々の現代思想のうちに、共産主義とキリスト教ほど大きな集団にしみこんだ世界観はないからです。しかもこの水と油ともいうべき二つの思想は非常に共通したものを持っているからです。それは皆さんも御承知のようにキリスト教は人々に幸福な天国というものを考えさせるのですが、共産主義もプロレタリアートに、もはや社会的な矛盾や圧迫のない幸福な天国を夢みさせているからです。言いかえればこの天国という観点をめぐってキリスト教と共産主義はハッキリと対立しているといえるでしょう。共産主義はその天国をこの地球の上に実現しようとするのにたいし、キリスト教はそれをこの地上ではなく天上に考えているからであります。

したがって共産主義を裏づける唯物史観がキリスト教の神のような存在を認めないのもまたマルクスが言ったように「宗教はアヘンである」と思うのも、彼らの立場から言えばあたり前のことでしょう。

けれどもこの反対の立場をことさらに強調してキリスト教が民主主義の障害であると断言するのは言いすぎでしょう。なぜなら民主主義とは共産主義の考える唯物史観の上にたたなければつくれないのだと確信をもって言えるものではありません。民主主義は共産主義の人たちが考える意味での民主主義もあれば、社会主義の人たちの考える民主主義形態もあります。同様にキリスト教徒の願うような民主主義もある。自分たちの考える民主主義の形態が絶対に正しいのだと考えるのは当然でしょうが、そのために同じように善意のある人々をすぐ憎んだり、敵視したりすることは、かえって民主主義の発展のために障害となるものです。

実際の話、キリスト教は民主主義の障害ではない。キリスト教の歴史をひもとかれた人は十分に知っていられると思いますが、キリスト教は昔から人間の平等と自由、社会正義と他人の尊敬と労働の神聖――など、民主主義の要素となるものをその根底にふくみながら生れてきたのです。キリスト教がはじめてローマ時代に広がっていった過程を皆さんも思いだして下さい。キリスト教はローマの圧制者のためにあったのではなく、その圧制者たちが苦しめた貧しい人々や奴れいたちを救うために生れたと言ってもよいのです。言いかえればキリスト教は当時から貧しい者たちや被圧迫階級の宗教だったのでした。キリスト教の眼から見れば支配階級に属する人間もその下で働く人たちも「同じ人間」として平等でなければならなかったのです。

そこで、この平等の意味が大切なものとなってきます。キリスト教が人間の平等という時、それは社会的階級をなくしてしまった平等だけを言うのではありません。

まず、何よりも人間の人格の平等を言うのです。キリスト教が民主主義の中に望むものが社会的な平等よりはむしろ、人格的な平等であると言われるのもそのためです。

したがって、もし社会制度や機構が人間の人格を不当に侮辱するような場合、キリスト教は断じてこれを悪とみなします。逆にもしこの人格尊重の上にたって社会の秩序がなりたっているならばキリスト教はそうした社会を肯定できるわけです。

キリスト教は各個人の労働力の差異や能力のちがい——つまり人間の自由を認めますから社会における貧富の差を否定はしません、けれどもこのために貧しい者や労働者の人間的人格が無視されるならば、これに反対するのです。たとえば平等ということを共産主義のように階級の平等だけに限定しただけでは人間の本当の平等とはならないとキリスト教は考えているのです。言いかえれば人間がその人格をたがいに認めあい尊重できるような社会がキリスト教的観点から言っても理想的なのであって、もしこの人格を侮辱するようなものであればそれが資本主義社会のものであれ、教会はこれに反対しているのです。

キリスト教の政治観はその点、明快です。政治の究極的な目的は、人間の善を十分果せるような役目をすることにある——これなのです。したがって政治の支配者が国民の人格的な権利を圧迫することはキリスト教としては断じて許せないことです。キリスト教はその点、政治の限界をハッキリ指摘しているのです。人間が神から与えられたさまざまな能力と自由とを十分、活用できる土台を作るのが政治であって、それ以上のものまで国民に強制したり、自由を奪ったりすることを許しはしないのです。

キリスト教は時には君主の存在、皇帝の存在を認めることがあります。これは恐らく民主主義の原則に反すると思われるかも知れませんが、キリスト教にとって君主や皇帝とは国民に人格的な幸福を享受せしめる政治をなす一機関としてのみ、認めているのであって、もしこの義務を濫用するような君主があればこれは言うまでもなく拒絶されてしかるべきなのです。

国家における憲法も法律もみなこの人格の線の上で考えられねばならぬとキリスト教は

説いています。人格的な集団としての社会、それを作るのがキリスト教的な意味での平等であり、また民主主義だと言えるのであります。

一つの反省から

率直に言わせて頂くならば、ぼくは「世紀」のようなカトリック文化誌がこの問題を真剣にとりあげてくださる日を一日千秋の思いで待っていた。これはぼくだけの願いではなく、他の多くの読者のなかにも共感して下さる方が多いのではないかと思う。

こういう日本文化批判がある。「日本文化人は西欧の文化からその地下水とも言うべきキリスト教を敬遠して、その表面だけしか摂取していない」

しかしこのような批判はそれが事実であっても、決して愛情のある批評とは言えないのである。もしこの批評がここでとどまっているならば、それはなにもキリスト者だけが言っているのではなく、日本の文化を考える人なら誰でも反省していることなのだ。問題は更に一歩、すすめるべきである。それは「なぜ現代日本人、および日本文化はキリスト教を敬遠したか」という理由を分析せねばならぬからである。残念なことにはこのような分析や悩みはむしろキリスト者でない日本人の方からしばしば、まじめにとりあげられていることが多い。それは「日本人の文化はキリスト教にある縁遠さを感じるのか」という悩みなのである。こうした悩みをもつ人々はぼくの友人にも非常に多いのであって、彼らを裁断するのはぼくらキリスト者にとってやさしいが、それはやさしいがゆえに、また間ちがっている。

なぜならわれわれは日本のキリスト教徒だからだ。日本のキリスト教徒であるということは彼にとってキリスト教が抽象的なものではないことだ。キリスト教の伝統のなかったこの風土やこの特殊な文化状況やそこから生れるさまざまな問題が、――つまり日本人としての十字架が――彼の生活や勉強の上にたえずぶつかっているはずだ。いいかえれば、われわれキリスト者はキリスト者ならざる日本人や、その文化をたえず理解し、その苦しみや悩みをいっしょに背負うべきなのだ。にもかかわらず、ぼくらは今日までこの具体的な問題を避けてきたのではないだろうか。

こうした反省のしみじみ起きる時、「世紀」のような文化誌がこの問題をとり上げてくださったのはたいへん、ありがたい。今後とも「世紀」がたえず日本文化を具体的に意識しつつ、編集していかれることを望んでやまない。

マス・プロ芸術家

本誌六月号に書かれた園田高弘氏の「ヨーロッパの余韻」という文章をよむと、我々はレコードの録音というものに、考えさせられるところが多い。

伊太利の演奏旅行から独逸にもどった園田氏はベルテルスマンというレコード会社でレコードを入れた。その録音には二日を要したが最初の日は二時から夜中の零時半まで、次の日は二時から夜中の二時半までかかったそうである。

のみならず園田氏を驚かせたのは録音技術者が演奏者である氏に刻明な要求やきびしい注文を次々と強いたことだ。一つ一つの音の強さ、かがやき、ペダルのこと、そういった演奏者の技術にまでその録音をした人は注文をつけたそうである。二日間にわたって二十余時間ぶっつづけに録音させられた園田氏が心身とも綿のように疲れたことは想像にかたくない。

だがこの報告記でぼくが特に興味をおぼえたのはレコーディングの際の修正技術についい

てである。芸術新潮の読者ならきっと御存知なのだろうが、浅学なぼくはレコードに吹きこまれた音楽は普通、ラジオで談話を録音をとるように二、三回のテストの後、本番をそのまま入れるのだと考えていた。演奏者に幾度も演奏させた後、その数度の吹き込みを分解してよい音のでた部分をえらび、修正し、再構成して一枚のレコードを作りあげるのだとは夢にも思っていなかったのである。その上、園田氏は独逸におけるこの修正技術について次のように書いていられる。「修正ということでも、日本では、音が一応きれた箇所ではつなぐことが可能なのだが、絶えず動いている場合にはなかなか、つなぎにくい。ところがそれを向うではうまく継ぐ。それから何回目はうまくいった、何回目はどこどこがつなげるというようなことを、たとえ演奏者が忘れてしまっていても、技術者はよく憶えていて、あとで空《そら》で指摘する。私にたちあってくれた人はギーゼキングとか、バックハウスとか、ケンプとか、ドイツ・グラモフォンで入れている大家の録音には全部立ちあった人というから特別に優秀な人だったらしい……」

この修正技術についての話や、録音者が演奏者に刻明なきびしい注文をつけるという報告はぼくには大変、面白かった。面白かっただけではなく、そこから色々な問題がわいてきたのである。

まず第一にこうして一つの音楽なら音楽を録音する技術者は一体、芸術にたいしていいかなる位置をもった人なのかという問題である。彼は文字通りたんなる技術家なのか。それともあたらしい形の芸術家なのだろうか。もし彼が演奏者の演奏する音を録音機械を通して正確に非情に捉えることに専心するだけならば、彼はたしかに技術者でありコピストである。だが園田氏の話によると、日本はいざ知らず独逸では、録音技術者は演奏者に音の強弱にも注文する人である。更に幾度も奏《ひ》かせたものの中から最もよい音とよい部分とをえらび修正し再構成する人である。とすれば彼は劇場における演出家の役割も果しているのだ。だが彼はその時、なにを標準にして音をえらぶのだろうか。なにを規準にして演奏者の奏いた音楽を再構成するのだろうか。

我々はNHK音楽部の録音専門の方にこの問題をたずねにでかけた。すると、

「いやあ、その問題はなかなかむつかしくてね、最近、演奏者側の方からの批判もおきているわけです」と彼は答えた。

「批判と申しますと?」

「つまり、レコーディングや録音によって我々は演奏者に奏いて頂いたものから最も良い音と完璧な音を選ぶわけですが、それはなるほど音としては最高に立派なものの組み合わせかもしれない。しかし同時に何ものかが失われる恐れがあるのかもしれないという批判です」

「その何ものかとは何でしょう」

「それは」とNHKの方は少しうつむいて言葉を探しているようだった。「演奏者独自の調子といいますか、個性《オリジナリティ》といいますか、そういったものかもしれません」

この人の話によると、そうした批判もあるため最近、欧州で発売されたレコードの中には演奏者のミスやその時の不手ぎわもそのままレコーディングして、その解説をつけたものもあるそうである。

「それでは普通、レコードをとられる技術者はなにを規準にして音をえらび、なにを標準にして実際に演奏された音楽を再構成するのですか」と我々は本質的な問題にふれてみた。NHKの方のお答えをもし我々が間ちがって聞いていないならば、その標準の一つはたんによい音をえらぶだけではなく演奏会における聴衆者の感覚を考慮しているのだそうである。演奏会に出かけた聴衆者は耳で音をきくだけではない。たしかに眼でも音をきいているのである。

あるピアニストが鍵盤に指をおろす。実際に音をださなくても指をおろす時がある。しかし聴衆者にとってはそれはまた無音の音である。先ほどの園田氏の報告記によるとヨーロッパのマネジャーは演奏者の動作に非常に注文をつけるそうである。特に音がなっていない時の動作にはやかましかったそうである。それはたんに聴衆者にたいする礼儀の問題だけではなく演奏会における「無音の音」にたいする注文というべきであろう。この無音の音を聴衆者は眼できいているのだ。

あるいはまた協奏曲のカデンツァの場合、聴衆者の眼はヴァイオリニストならヴァイオリニストに注目する。この時も彼等は耳だけではなく眼を通しても音をきいているのだ。

録音者はそうした耳だけの世界では捉えられない、眼でつかまれる音もレコーディングしようとする。そこに再構成の標準の一つがあるのだそうだ。カデンツァの音をレコードの中では実際以上にひときわ大きくとる。それは演奏会の聴衆者の眼を考えているからだ。

だが聴衆者にも色々な聴衆がいる。彼等のある一つの曲にたいする態度にも差違がある。したがって結局この修正や再構成も録音をとる側（プロデューサーや技術者）のみかたにたよらざるをえまい。結局、演奏者の奏いた音楽は多かれ少かれ、彼等により屈折されるのではないだろうか。そしてその屈折されたものを我々は演奏者がそのまま奏いた音楽としてレコードできいているのである。

ＮＨＫや築地のビクターの吹込所をまわったあとも我々の問題はまだ残っていた。演奏者と我々聴衆――芸術を与える者とそれを受ける者、これら両者の間に存在してその芸術を仲介し普及させる人は一体、いかなる職業なのだろうか。我々はここでこの人たちを適当によぶ言葉をもたないので、飯沢匡氏にしたがって一応、「芸術技術者」と言っておこう。

芸術技術者はレコードの録音をとる人だけではない。芸術の世界にはまだまだ発見することができるようだ。たとえば版画をつくる人たちがそうである。

巣鴨には安達さんといわれる版画の版元が住んでいられるが、氏の家では浮世絵だけではなく、たとえば徳川家のもっている源氏物語の絵巻までも複写していられた。安達氏の話によると昔は浮世絵の画家は絵の全体をかいたのではない。うすい美濃紙に墨で線の方向だけをかいたのだそうである。たとえば女の髪の全部をかいたのではなく、髪の流れる方向だけを一つ一つ、指示したにすぎない。それを山桜の木でつくった版木に完成するのは彫刻師だったという。版画というものはまず版木にたいする線の彫刻によって良くも悪くもなる。素人というものはおおむね深くほるため、刷りの際の版木の摩滅が烈しく二百枚以上も刷ると駄目になる。また色の出しかたも七色の絵具をいかに組合わせるかを考えるのは摺師《すりし》である。馬連とよぶ刷り道具の種類をえらぶのも彼等である。

こうした仲介者、つまり芸術技術者の手をへることによって画家のかいた原画はより善く再生される場合がある。たとえばこれは木刷ではないが、石版画法を芸大で教えていられる女屋先生のお話によると石版画のザラザラとした感じや柔かな線によって原画が文字通り更生する場合もあるそうだ。

演奏者の演奏の中からよい音をえらび、それをつなぎ合わせ修正することによって実際の演奏よりもさらによい音にするレコード、線や特殊な効果によって原画をコピイしながら原画よりもさらによい絵を刷る可能性をもった版画——するとそういう技術者はコピストか。それとも別の人か。

この問題を考えるためには我々は一応、芸術の役割というものを考慮しておかねばならない。我々はなにもここでこちたき芸術論をひきだす能力もないし、またその余裕もないが、一番たしかなことは芸術とは創るもの、与えるものと、それを受ける側の交流から成立しているということである。芸術家は音を使う。色を使う。しかしそれは音と色との伝達だけではなく、それらを使って芸術家が彼の芸術を成立させる何ものかを表現しているのである以上、その何かがレコーディングによって表現されているか、否かが大事なのだ。演奏者の幾度か演奏したものから良い音、完璧な音をえらぶことは勿論大切である。だが、我々聴衆はまた彼の演奏の欠点によってさえ、芸術的に感動することがあるのである。ただしその欠点がその芸術家の独自のものから生れた場合である。その独自のものは個性というといってもよい。だが生命力といった方がもっと正しいかもしれない。芸術作品における生命力の表現がみずみずしく新鮮なのはその欠点による場合もあるのだ。同時にあまりにより善く完全にして無欠なものは我々を飽きさせる場合もあるのだ。

芸術におけるコピイが普通、軽蔑されるのは言うまでもなくこの生命力の欠如のためである。このことは録音技術の場合にもあてはまると思う。演奏者の音楽をレコーディングする場合、大切なことは演奏者が聴衆に伝達する芸術の力そのものを伝えることである。私は勿論、録音をする人が放送録音のようにナマの演奏をそのまま録音すべきだと言っているのではない。彼の演奏からにじみでた芸術的な何ものかをあたかもすぐれた評論家が芸術作品に肉迫するように捉えられたら、と願っているのである。勿論、そのために音と音とをえらびだし、再構成する必要もあるだろう。だがその修正は「音のための音」ではなく「芸術のための音」でなければならぬ。NHKの方も既にそういう問題には気づいていられるのである。だがそのために欧州のあるレコード会社のようにミスはそのままミスとして録音するのは邪道であろう。それならばレコードとは聴衆を切り離したコピイにすぎない。芸術のもつ生命的な伝達力を芸術技術者がとりあつかう以上、既に彼はコピストではない。勿論彼はあたらしい芸術作品を創る人ではない。彼は勝手な演出家であってはならぬのである。しかしもっとも優れた作品を我々にそのまま味わわせる批評家になることはできる。その意味で彼はやはり新しい芸術家になりえるのだ。

理想的な形態としてはこうした芸術技術者が手あたり次第にある芸術作品や芸術家の演

奏に手をつけるというのではなく、彼に選択の自由があたえられた方がのぞましい。彼がもっとも学び理解している作品や演奏家をえらべることがそうしたあたらしい批評家としての仕事に役だつと思うが、勿論それは色々な事情でむつかしいだろう。しかしこの原則にだけはできるだけ近よってもらいたいと思う。

Ａ・Ａ諸国との文学的交流

この十月、タシュケントで開かれたＡ・Ａ作家会議に出席して、考えさせられた点の一つは、自分がこれらの国々の文学について何も知らないということだった。

壇上に次から次へとのぼる各国作家の顔を眺め、その発言をききながら、ぼくは彼等が何を書いた人なのか、どういう文学傾向をもった人なのか全く予備知識がなかったのである。恥しい話だがアフリカの諸国になると文学的知識は勿論、地理的知識さえおぼつかないという場合もあった。

これがもし西洋の作家の集る会議ならばどうだろうか――と、ぼくは時々、イヤホーンをはずして考えた。おそらくぼくだって今よりは少しましな予備知識をもって会議にのぞむことができたであろう。仏蘭西の現代作家についてなら普通の仏蘭西の文科学生よりは名も知り、傾向も知っていたという馬鹿々々しい経験をかつてしたことがあるからである。

日本に戻って早速、本屋で調べてみたが洪水のように溢れでる西洋小説の翻訳量にくらべてアジア諸国の翻訳は（中国をのぞくと）やはりあまりに乏しい。数えるほどしかないと言ってよいほどである。

このことは逆にアジア、アフリカ諸国の作家が日本の文学について知っている知識についても同じことが言えると思う。彼等は日本の文学についてほとんど何も知らない。特に現代日本文学についての知識は全くないのではなかろうか。彼等アジアの作家も我々が壇上にのぼった時はぼくと同じような戸惑いをしたことと思う。

西洋文学の翻訳にくらべてアジアの諸国の文学作品がほとんど我国に紹介されていないことは勿論、色々な理由があるだろう。たとえばこれらの国の言葉に通じている翻訳者が少いこと、また率直にいってこれらの国の作品を翻訳してもどれだけ売れるかという理由もあるだろう。しかしそうした理由の如何にかかわらず、我々が彼等と文学的な交流をしていないということはやはり考えねばならぬ問題であろう。

来年からアジア、アフリカの文学者会議の恒久的な事務所がセイロンにおかれるそうだ。そして一年のうち一ヵ月、日本からも代表の人がここの書記局にいくことになるかもしれない。また再来年、第三回の会議がカイロで開かれる予定になっている。そうした場合、今度の会議で我々が味わった経験を出席する人々にも生かして頂きたいと思う。少くとも今度、会議にいかれる方は多少ともアジア、アフリカの現代文学について知識をもっておかれるべきであるし、その方が色々な意味で便利である。

といって、実際上、翻訳も少いのにどうしたらよいのか。どこかの出版社でこうしたアジア、アフリカの代表文学作品集を翻訳上梓して下さるところはないだろうか。「群像」なども時々、彼等の作品を一つずつ翻訳、掲載してみる機会をもってはどうだろうか。

また逆にこうした国々に現代の日本文学をよりよく知ってもらうために具体的な方法を早く考える必要もあると思う。

近代芸術観の盲点

すこし夕暮になってから出かけた。昼間は雑踏していたにちがいない館内も、この時刻となると人影もまばらである。その静かさも黄昏の微光もちょうどよい。

フランスの部がはじめにあった。室内をゆっくり周っていると、右の壁のなにか一点の絵がまわりから浮きでているような気がして、イライラしてきたので、そばに寄ってみるとルオーの「風景画」と「ピエロタン」だった。この二点はもしルオー展にでも並べられていたならば、きっと見落したに違いないだろうに、気にかかるなんて妙である。

しばらくジッと眺めていると、ピエロタンの輪廓をふちどった例のルオー的な黒く、厚く塗りつぶした黒色の線をどこかで見たような記憶がした。そうだ。これはフランスに行った時、眺めたシャルトルやブルジュ大聖堂の色硝子《ヴィトロオ》ではないのか。あれら中世の大教会の窓にはめこまれた色硝子、あの色硝子が描く聖書中の人物の顔や姿を浮きたたせている黒い線がそれなのだ。

この黒い線はもし、こういう言い方が許されるならばあの中世の工匠たちが現実を切った、その切りとりの線なのである。地上の人間や世界をながめたその視角なのである。原罪や悲惨によごれ救済を待つ黒色の線なのである。ルオーの中にはジャンセニズム的な眼があるとジャック・マリタンが書いていたが、たしかに彼はその中世の色硝子の工匠たちの眼を自分の裡で成熟させていったのではないだろうか。塗りつぶし、塗りつぶして、もうどうにもならぬほど盛りあがったこの黒色の背後には、たしかにぼくたち日本人にはない基督教的現実への視角度がひそんでいるのである。

芸術作品を一人の芸術家が自分の個性や独創性だけで創ると考えるのは近代芸術観の盲点である。芸術家は過去と現在をむすぶ芸術的遺産の中に絶えず生きねばならず、最初はふかい影響、やがてその影響の超克から少しずつ作品を生んでいくのはルオーを見て感じたことだった。

ルオーのように大きな芸術交流体を、大きな現実を持たぬ国の部屋にはいると、それらの絵は、どれも必死のあがきを感じさせるようだ。メキシコの絵画のように自然主義的なリアリズムにたよるか、インドの絵画のように伝統と近代絵画とを分裂させてしまう。ぼくは絵のことは素人だが、この問題は文学でも絵画でも結局、同じなのだな、としみじみ感じさせられた。なぜなら日本の部にはいる時、その大半はこの「欠如」のくるしみを色々な形で埋めようとしている絵が多かったからだ。何かの欠如、何かの不在がそこにある。その欠如や不在をみな知って苦しんでいるのだ。それは、ぼく等若い小説書きの場合でも同じ問題なのである。

日常的なものと超自然的なもの

「宗教と文学」の題で私は今までたびたびエッセイを書いた。それらは近く上梓される拙著『宗教と文学』を参照して頂けば幸いであるが、私はその中で主として仏蘭西の現代基督教作家の共通した問題、つまり宗教と文学とが彼等のなかで調和するどころか、一つの二律背反として苦しい課題となっていることを述べた。それは自己の純粋をまもろうとする信仰者の立場と人間のいかなる汚れた部分も見て、そこに指を入れる作家の義務との対立である。これらは二十世紀のすべての基督教作家が多少とも悩まねばならぬ課題であると私には思われる。

しかしこれらのエッセイが初めて書かれたのはほぼ十年前にちかい。私はその後直接創作をする立場になり、この問題の対立を解決するのは結局、恩寵の問題であると考えるに至った。

私の場合はこれと同時に別の問題がある。私はいわゆる日常的な小説を書くといわれる

「第三の新人」と年齢的にも接近しているため彼等と交遊があったが、これらの作家と交ったことは私にとって決して無益ではなかった。私は彼等から「日常的なもの」の大事さを教えられたからである。

私はこうした日常的なもの、日本の日常的なものの中に私の信仰する基督教的な神の投影がいかようにあるかを描きたいと思う。

「神はすべてその創りたもうものにその痕跡を与えたもう」ならば私はその痕跡を発掘し、そこから神の存在を見出すのが小説家の一つの仕事であると第三の新人と交りながら考えるに至ったのである。

しかしそれは果すになかなか困難である。私はたとえばモウリヤックがランドの日常性のなかに神の存在を見出したかを知っている。彼はモウリヤック的雰囲気のなかに基督教的雰囲気を加えると言ったのは批評家のマニイ夫人だったと思うが、これと同じことは英国の基督教作家グリーンの場合にもあてはまるであろう。グリーンはロンドンの日常的な事物、たとえばバザーで売りだされる菓子を描きながらそこから神的なるものと超自然的なものを掘りさげていく。

私は日本の日常的なものがどのように私の信仰する超自然的《シユルナチレル》なもの、神的なる《ミステール》ものと結合するかを小説を書こうとする場合、考えつづける。しかし、この仕事は非才の私にはいかに困難か。私は基督教的な雰囲気の全くない日本の日常性の事物や、基督教的伝統に乏しい日本の風土にぶつかるからである。私は自分に信仰の眼のないことをこの時ほど感ずることはない。なぜなら本当にふかい信仰があれば、我々はこの一見、根のない日本の日常性のなかにも神が存在することを鮮やかなイメージとしてとり出せる筈だからである。

だから私は日本ということを自分なりにいつも考えていきたいと思っている。

II

ピエール・エマニュエル

夜だ。もう皆は寝しずまった。僕は独り灯の下に腰かけている。窓から星がきらめくのがみえる。夜だ。僕は詩が読みたい。かろやか、鮮やかな詩ではなく悵々として僕のひそかな魂と存在とに一打一打うちこむ詩を。例えばドイノの悲歌のような。例えばペギイの荘厳な長詩のような。だが今夜、僕の机にはピエール・エマニュエルの「神の認識」と云う詩篇がおかれている。

此の新しい若いカトリック詩人について僕等は余り知らない。その詩的活動はあの抗独四年間の「雲の上の砲火」の裡から生れた。「あまたの戦死者に雪がかかる。そしてその血を覆っていく」と彼はある詩の中で歌っている。だが今しばらく、十年前の彼の姿から思いおこしていこう。彼の青春が目覚めた頃、当時、僕等の周囲がそうであった以上にエマニュエルとその世代とは戦争への暗い予感とファシズムの黒い波濤との間に初めて人生と人類とを眺めた。ヒューマニズムの敗北をしめす数々の出来事が彼等の胸を傷け、希望のない宿命の鎖がその脚に喰い入っていた。エマニュエルの青春はこの深いかなしみと絶望とから始った。友も師も彼には充足を与えず、その不安を唆り、その傷口を開げるのみであった。彼は何を読んだろうか。彼の自伝「この男は何者」にはパスカル、キェルケゴール、ブロア、バルト、ヴァレリイ、ジイド、ニーチェなど当時の世代の共通な愛読書があげられている。だが特にエマニュエルの愛した本はウナムノの作品であり、またアルベール・ベガンの「ロマン的魂と夢」のような作品、ピエール・ジャン・ジューヴの詩に心惹かれた。

暗い日々にあって彼の周りの友人には絶望と諦念に身を委せるものも多かった。一人一人、隊伍から落脱していく……。だがエマニュエルは人類の共通な運命の中に生き、彼等の苦悩を語る日をまった。彼はヒロイックな身振りを信じなかった。ひそかに一歩一歩、熟していくめだたぬ絶えまない努力を選んだ。あらゆるソフィズムや虚飾や亦うつろな絶望を捨てた。むなしい言葉で生活のブランクを埋めるような詩も拒んだ。「浪曼主義的苦悩の幻影は、世界を混乱に陥すのだ。……宿命感の領域から良心の世界に到りつくためには夢に酔うようなことは棄てよう。共通したユマニテを信じよう」と彼は云っている。共通の人間的運命に参加するとは、他者も亦担っている此の現実世界の中に絶対者を抱く事であり、共通の救済のために戦い苦しんでいる人類と一致しようとする事である。遺憾ながら彼はその解決を、教会の中に見出せなかった。御託身《アンカルナシイオン》と、償罪《レダンプシイオン》の秘義について彼は長いこと冥想したのだけれども。此の悲劇は僕等にエマニュエルより一世代前のあのシャルル・ペギイの事を思い出させる。たしかに此の両基督教詩人の間にはさまざまの類似点がある。相共に二十世紀人類の苦患を悼み、その運命を担わんとした点、その宗教的苦悶、又、二人の詩は共に長い荘厳な叙事詩である。エマニュエルはペギイと同じような言葉を語っている。「ぼくはその掟には従わないが基督教の思想の中にいるのです。僕は十字架の影のことを考えます」と。彼は彼自身を［消極的な基督者］Un chrétien négatif と呼んだのだった。

今夜、それらの事を思い起しながら、夜のきざむのを聴きながら僕は此の荘厳な長詩「神の認識」を読む。そこには象徴化された詩人の精神展行路、二十世紀の「神なき」時代的な苦悩と、その苦悩から再び存在を見出そうとする実存的な叫び、更に詩人の言葉が神の御言葉を求めるまでの道程がみごとに結晶している。

詩人は今、神を見失った二十世紀地上のかなしみを主に訴えている。

（聖歌の本は咬まれ、かつて天使からなった合唱台も釘づけにされてしまった）

主よ、と詩人は叫んでいる。貴方の御体にながれていた血はその匂いをもはや知りませぬ。しかし我々は此の血と此の渾沌《カオス》の匂いとを飲まねばならぬ。貴方を信ずる者は地上のかなしみに浸らねばならぬ。貴方の証人であった臓腑の裡で洗礼をうけねばならぬと。

（たしかに、ぼくらにはもう祈るべき聖堂もない。貴方の教会は見棄てられている）

それなのに魂を引きさく砂漠の中で地獄のような渇望がある。天よ。我々をやく刑罰のこの火は、我々の中に［唯一つの面影］を燃やさんがために、我々を純粋無の灰にする。この火は神であり、塔よりも高く頌《うた》われる。此の灰の中から鷲がとびあがり、主の面影をうつす鏡たれ。それなのに、ものはみな眠っている。存在は此の渇望に欠けている。

（存在は主の名であるのに、汝は出現しない。強奪者の如く汝は消えた。何処に御父はいますのか。彼は挽臼の下でねむっている。彼は死んだ）

此のように神を見失った二十世紀の人類を慟哭しながらエマニュエルは、然し、その深淵から無限に向って語りかける。

（深淵を感ずるとは、話しかけることだ）

また人間の苦悩は決して無駄ではない。それは未来、神をいつか見出す酵母である。

（これらの歎きは悉く、唯一つの歎きとなる。それは未だ時の熟していない酵母となる）

その苦悩は一つの水、やがて夜が冷やすヤコブの井戸の水となるであろう。如何なる人間も御言葉を語ることは出来ぬ。だが御言葉は大きくなっていくであろう。だがその酵母が深淵の中で失われ、死せる神を生もうとする恐怖に襲われる。だが、

（主よ。……一つの音楽が私を目覚めさせた。私の骨の中の……）

（私は言葉が唯一つの永遠であると知った。いつの日か言葉の堅牢な段の上に人々が座し、自らを恥じてかくすことなくひらかれた顔に祈る日が来るであろう）

そして詩人とは此の日の合唱のための礎石である。よし彼が今、その声を聞かずとも彼は此の声を吸いこむのである。

（いつの日か人類の胸は、御言葉が彼等の息吹きである事を知るであろう。……）と詩人は此の詩の最後の部分で歌っている。

（その日、主よ、汝は汝の腕の中に……唯一つの教会に結ばれた、唯一つの言葉からなるあらゆる人間をだきしめたまうだろう）と。

※引用の詩は翻訳が許されませんので、その大意を伝えるのみです。

ポール・ルイ・ランツベルク――その生涯と作品

一九五一年の冬の事である。リヨン大学の学生であった私はいつもの様にガリバルディ街のジャン・ラクロワ教授の宅におもむいた。いうまでもなくラクロワは社会学者として「モンド」紙の定期的執筆者だが、それよりもエマニエル・ムニエなきあと、ポール・フレスやアルベール・ベガンやドムナック等と共にペルソナリズムの哲学の後継者として「エスプリ」派の支柱の一人として知られていた。

私はその年の冬から「エスプリ」グループに加り教授の教を乞い始めていたのである。

彼は外出中だった。壁の三方が書籍に覆われている書斎のそこだけ灰色の黄昏の光がただよっている窓硝子に顔をあてて、私は蕭条《しょうじょう》とした裏路をじっと眺めていた。その年のリヨンの冬は暗く重かった。この街特有の霧が黄濁して路の裸樹にまつわり、鈍い鉛色の空は低くたれこめて雪でも降りそうな気配である。何処かでラジオが朝鮮の和平会談の再坐を告げていた。裏路の壁には白いペンキで「戦争反対《ア・バ・ラ・ゲール》」と書いた文字が夕暮の黝《あおぐろ》い光の中に悲しく見えた。いつまでこの寂莫たる冬は続くのだろうか。戦争の予感にしめつけられた長い重い冬……

私は窓から離れ、少し冷えこんで来た部屋の片隅の机の上から本をとろうとした。その時、机上に一枚の詩稿が眼にとまった。タイプでうった金属的な文字の上に私はそれを書いた、ポール・ルイ・ランツベルクの名を読んだ。そして——詩の次のような言葉が私の眼にとまった。

……夢につつまれた冬もいまはめぐつてこぬ
もはや生きつゞける事も願はず
何を支柱《ささえ》と私はしえよう……

「それは次の号のエスプリに上載されるのだ」と帰宅したラクロワ教授は私の手にした紙片を眺めながら呟いた。

「ランツベルクはこの部屋にいたのだ。一九四〇年のあの辛い占領時代の冬だった。独逸秘密警察は反ナチ思想の廉で彼を追跡していた。ピレネー山脈のポウ市に逃げる途中、ランツベルクはリヨンの私の家に身をひそめたのだ。捕縛よりも死を選ぶと、彼は毒薬を懐中にかくしていた。

その時、私たちはここで政治について以外はただ自殺の倫理を論じあっていた……」

ポール・ルイ・ランツベルクは一九〇一年現西独の首都ボン市で生れた。父はボン大学の教授である。

彼は少年時代、青年時代をこの大都市で送った。黝い獣のような大都市の底、悲惨と肉慾の入り交ったその相貌は彼の魂の上に消えがたい焼印をのこした。ボンの街で彼が呼吸したものは人間の死の匂い、悲惨の匂い、肉慾の匂いである。哲学を学ぶこの青年の思索はだからこれら死と肉慾と、それから自殺の問題に集中された。

ヒットラーの率いるナチ党が次第に権力を握り始める。ランツベルクはその頃、ボン大学の教授となったが、ナチスムに一人の哲学者として一人の独逸市民として抵抗した。だが一九三三年、三月ヒットラーは政権を握った。ランツベルクはスペインに逃げ、バルセローヌ市の大学教授となった。スペインは彼を魅惑した。彼は此処に住もうと決心した。だが流浪は彼の生涯の宿命であった。一九三六年のスペイン内乱は当時サンタンテ大学で教えていた彼を仏蘭西に追った。彼は巴里で、エマニエル・ムニエの率る「エスプリ」誌に協力する事となった。父の死と、それから師、マックス・シェーラーの死を偲びつつ彼が「死の経験についてのエッセイ」を書いたのはこの時である。

私事を書く事を許して頂きたい。ランツベルクの名をラクロワ教授から教えられた翌年の一九五二年私は血を吐き、リヨンの安下宿の屋根裏部屋で日夜、死の恐怖にくるしんだ。その時、熱のある身で私はこのエッセイを読み、死について幾らかでも学ぼうとした。ランツベルクは我々が死の彼岸になおも求める人格の永遠完成の希願《エスペランス》を、人間の本質とし、これをはかない幻望《エスポワール》としりぞけるハイデッガー等に反対している。この論文を通してランツベルクは宗教的世界の一歩前まで前進したのである。私はこの本を読み終った黄昏を忘れえない。

一九三七年、レオン・ブランシュビックの要請で彼はソルボンヌ大学に講座を開いた。第二次大戦が起った。仏蘭西はナチ軍の占領する所となった。反ナチ思想の廉で、ゲシユタポに追われる彼はピレネー山脈の中のポウ市に逃れようとした。友人たちは危険も顧みず彼の為に身分証明書を偽製した。偽りの名はリシェル、職業は医師である。人間の魂のくるしみを探究するのが哲学者なら、人間の肉体のくるしみを克服しようとする医師という職業は彼の心を強く惹いたに違いない。ニイチェの狂気について、みごとな解釈を加えた彼の思索の関心事は結局、先にも書いたように「人間の死の問題、肉慾の悲惨、そしてその悲惨から逃れるために自殺してよいか」という事につきつめられたからである。

肉慾について彼は特に書いていない。しかし彼の親友には「わが隣人サド」の著者ピエール・クロソウスキイのある事、又、ランツベルク自身がサド侯爵のなかに「神に捨てられしパスカル」を見出そうといった事実（ラクロワによる）から見れば、彼が肉慾の深淵《アビム》のうちに神秘世界に通ずる通路を求めようとした事は推察できるのである。

死の悲惨、肉慾の悲惨を見透す時、ランツベルクはおのずと自分が基督教世界に近づくのをみとめた。しかし、もし彼が基督者と自覚しつつ教会の教義に一致しえぬものがあるとしたら、それは、一つには「自殺の倫理」についてであった。

ラクロワ教授は独逸秘密警察の手を逃れてポウに逃げようとしたランツベルクが常に毒薬を懐中にしていた事を語っている。ナチの手に陥るならば恐らく拷問がある。よし拷問、処刑がなくても人間を無視した、収容所に送られる。体の弱い彼にそれが耐えられるか、耐えられずして人間の名誉を損う世界に屈するよりは、名誉を救うために自殺する方がよいとランツベルクは考えた。

その心理を想いながら彼のエッセイ「自殺の倫理的問題」を我々は読まねばならぬ。今一つ、自殺が何故倫理的に是非かという問題が成立するかというと、勿論それはカトリシスムが自殺を「人格完成の破壊、もしくは放棄の意志」としてこの行為を拒絶し罪とみなしているからである。アリストテレスは国家、或いは社会に属する社会的存在として人間は最後まで自殺によって自己の生命を断つ権利を持たぬという。この論を更に聖トマスは受けついでいるのである。「だが」とランツベルクはその自殺論のなかで自問する。「こうした論議は理想的な社会の中では正しいであろう。しかし現実において、自己の人格《ヴィ》をゆたかにみのらす事の出来ない社会にあってもこれは正しいであろうか」「人格を破壊するためではなく、これを救うために自殺する場合がある……自殺は絶望を表現するのではなく、よしそれが愚しいものにせよ、死の彼岸の未知の世界への希望を表明する場合がある」

ナチの手に捕われ人間性を無視した世界に無力に生きるよりは、己が命を断って人間としての名誉を救うべきだと彼は考えた。然し彼が改宗しようとしたカトリシスムはそれを許さない。秘密警察の手に追われ毒薬をもちながら彼はこの矛盾にくるしんだ。

リヨンのラクロワ家で数週間、身をひそませた彼はポウに逃れた。しかしナチの追及は容赦なかった。その四一年から四二年の冬は特に彼には辛かった。虐殺死と収容所のイマージュは彼に毒をとる事を屢々《しばしば》考えさせた。だがその頃、彼の考えは少しずつ変っていった。「私は基督に会った。彼は私にあらわれ給えた」とその頃の手紙にランツベルクは告白している。

「そうだ。生きるという事はくるしむ事だ。くるしんでいる事に驚いてはならぬのだ。もし幸福が人生の意味ならば、生きる事は耐えがたいに違いない。しかしもし人生とは魂に純化させる旅路とすれば、生にはきっと別の意味があるに違いない」と彼は書いている。聖テレザは「主よ、苦めたまえ、然らずば死なしめ給え」と祈った。そうなのだ。いかに楽天的な思想家が虚言を弄しようと、生きる事は十字架を背負う事なのだ。……神が我々をくるしめ給える時はそれは我々の救いのため、我々の純化のためである」

翌年の四三年のまだ春に遠い三月、秘密警察《ゲシュタポ》は遂に彼を捕縛するためにやって来た。彼は毒薬を使わなかった。生きる事はくるしむ事、そのくるしみは生の純化のためにあると考えた彼はその運命を背負った。

ナチは彼をベルリンの近くオラニエンブルクの収容所に送った。全てが想像していた通り、彼を待っていたものは辱めと寒さと飢であった。しかし彼は全てそれらを引きうけた。一九四四年の四月二日、彼は衰弱のため収容所で死んだ……。

ここに島朝夫君が訳したポール・ルイ・ランツベルクの幾つかの詩について簡単な説明を加えておこう。

これらの詩は彼のポウ時代、つまり独逸秘密警察の魔手を脱れてピレネーのこの山に身をひそました一九四〇年から、遂に捕われる四三年三月の間に書かれたものである。「貴方のうるわしさが劒《つるぎ》のように……」に始まる第一の詩は、彼が自殺のくるしみの夜々から遂に「基督を見出した」その暁に書かれたものである。「それから」と題される詩はその頃死の床にあった彼の妻が主の愛でいやされたのを見た時の悦びである。

ランツベルクは基督者になるにつれ、特にベネデクト修道会の精神を愛したが、この会によって営まれるオウトコンブの修道院がナチに追われた人々の避難所となったのを知って彼の悦びは深まった。その時、彼の目には自分のかくれているポウの街がオウトコンブの修道院に比すべき神の荘園と思われた。ランツベルクはこの町をモンテ・カシノと名づけて讃歌を創ったのであった……。

ランツベルク作品抄

I

貴方のうるわしさが　劒《つるぎ》のように
わたしを裂いた　貴方と共ならでは
わかれわかれのわたしは　欠けた存在《もの》だ

貴方の苦悩　その非情なくらさが
貴方を遠く連れ去った　もう憧れの中でしか
いとおしい光は　わたしに戻って来ない

Ⅱ

夢につゝまれた歳月も　いまはめぐって来ない
もはやいのちあることを　ねがいもせず
何の真近に私はいたのか　そんな想いも過ぎたこと
かぐろい面被《ヴェール》が　私の眼差をとざしている

貴方を探していたとき　貴方は私のそばにいた
いま　まざまざと私は見ている　遠くはるかな貴方のすがたを

心うばわれ言葉もなく　貴方の眼差に見入るとき
涯知れぬ砂漠ばかりが　私に向き合う

主よ　哀みたまえ　我らを死なしめたまえ
虚無のふかみで　まみえしめたまえ
私は待望む　憧れる者少い秘義のなかに
約束の言《ことば》　いやはての歓びを

Ⅲ

貴方の慈みにひたされ　私は育った
貴方のあたえる幸福《さいわい》を味わった
類《たぐい》ない貴方の能《ちから》が　虚妄《いつわり》だったと言えようか
私に触れたあの愛が　幻だったと言えようか
現在《いま》は私にとって　荒涼たるくにだ
のぞみというのぞみのない未来は悲惨だ

しかも貴方の愛は　私の心をゆりうごかす
貴方の愛のまにまに　私は生き私は死ぬ

つつましく私は貴方に近づきたい
貴方に切にねがうものは　ただひとつ
もはや虚妄《いつわり》を棄てて　祈ること、
主よ　我らをとりまくこの闇を打払いたまえ

Ⅳ

おまえが生けるかぎり、と静寂《しじま》は私に告げた
いのちの力にしたがえ
成熟せよ　おまえは生きているのだ
希望をたやすな　おまえは意志なのだ
二つの原野のあはいに　おまえは停り動かない
逃げることはならない　おまえはこゝの住人なのだ

想念《おもい》は肉となり　人は獣にまじわる
おまえの性《さが》はからみ合ったまゝでいる

睡り　咲い　読み　書き　語り
けだるい時に流され　いのちをすりへらす
運命と時間とは　歩一歩われわれを連れて往く
ひとりの神がさだめた　未知の終極まで

それから

とつぜん　時という時が　新しく息づく
うつし身の生死が終るのだ
本然の生の光が　おまえを照らす
過ぎ去ったものが　かわらぬ現在《いま》となる

流れる時の外に　おまえは歩み出る
惑《まど》いの砂礫は運び去られる
うつし身の貌《かたち》　慾念　数かぎりのない痛手も
存在のふかみからは　残香にすぎない

暗がりにひそみ　おまえを駆り立てていたもの
それがいま　おまえをつかむ
抗いがたい囁き　こよない安けさが
いのちよりいきいきと　限りなくつゞくのだ

モンテ・カシノ

叡智の静けさがおまえを据えたのか
奴僕の世にありながら壮んな　またわづらい知らぬ
おまえの形姿よ　巌のうえにそそりたつ

神の荘園　修道の館　十字軍の屯営

戦火と潰滅の悩み多い時代に
正義の業をまもる砦となったおまえ
したい寄る異邦の友を　キリストのごとうけ容れ
魂と秩序と智恵とを頒け與える

せまいながらおまえの世界から　復活がはじまる
おまえは撃たれても　倒れない
そこでは質料が形相にたかめられ
行為は聖霊となって新たな生命を創るのだ

（島朝夫訳）

サドはワイセツか

軽術《けいじゅつ》ではない作品『悪徳の栄え』

大ていの読者はまだあのチャタレイ裁判のことを憶えていられるだろう。ローレンスの有名な小説『チャタレイ夫人の恋人』が猥褻作品出版の罪に問われ、邦訳を発行した小山書店と訳者の伊藤整氏が告訴されたのがこの事件の発端だった。そしてその裁判の経過については読者の方々もよくご承知だと思う。

ところがごく最近、これと相似た事件がもちあがった。それは現代思潮社という本屋さんから出版されたマルキ・ド・サドの『悪徳の栄え』押収事件である。

日本訳は上、下二巻にわかれ、警視庁が特にワイセツ文書と見なしたのは下巻（続）の方だったらしい。『朝日新聞』や『毎日新聞』はこの事件をとりあげなかったようだが、『読売新聞』や『日経新聞』では当日、すでに報道していたので読者のなかにもご存じの方も多いと思う。

そこでこの記事を書くぼくの立場を初めから明らかにしておくと、ぼくはどんな出版物でも野放しに出版するのが言論の自由だと思っている人間ではないのである。だから警視庁がエロ作品を押収すると、すぐ言論の圧迫だの拘束だのとキャンキャン騒ぎたてる人や出版社をどうも困ったものだと思っている男である。もう三年ほど前になるが、ある赤新聞に掲載された小説が猥褻作品として押収されたことがあった。この小説を書いた人（名前を憶えていない）と出版社は早速、印刷した紙を我々著述業者にまわして「芸術の冒瀆、言論の自由を圧迫するもの」ゆえチャタレイ事件の場合と同じく抗議してほしいと促してきた。

ぼくはその小説を一読したが、芸術はおろか軽術にもならぬエロ売物で、とても文学などとはずかしくていえたものではない。こうした作品（作品の名にも価いしない）まで押収することを「芸術の冒瀆」と言われては、警視庁も気の毒だと思ったほどだった。

けれども今度、マルキ・ド・サドの『悪徳の栄え』押収事件となると少し話がちがってくる。この『悪徳の栄え』を単なるワイセツ作品とみて、その出版物が没収されたとなると、抗議しなければならぬと思っている。そこで読者にもひとつ考えていただきたいのである。

だが、まだこの本をお読みになっていない方と、サドについてあまりご存じない読者のために、簡単にこの本や著者について述べておきましょう。

誤解されたサディスム

マルキ・ド・サド、つまりサド侯爵は十八世紀に生れたフランスの作家であり思想家である。サド家は南仏の地方貴族ではあったが、一方では王家とも関係のある家柄だった。

サドが生れた十八世紀のフランス貴族の子弟の中にはリベルタン、普通、遊蕩貴族と考えらえているが、奢侈と快楽に熱中する連中が多かった。サドもまた二十歳代にはこの遊蕩児の一人であり、女優の尻を追っていた若者だったといえる。だが彼はこの頃二つばかりちょっとした事件を引き起した。一つは一人の乞食女を巴里郊外のかくれ家に引きずりこみ、鞭で叩いて倒錯的な快楽にふけったという事件であり、もう一つは南仏マルセイユで数人の淫売婦に下剤入りのボンボン（飴）をたべさせ、その下痢の臭いをかいだり、撲ったり撲られたりして楽しんだという出来ごとである。

こうした事件のためやその他の事情で、サドは巴里の警察から追われ、逃亡と投獄との生活を後半生では送らねばならなくなる。

けれども暗い牢獄での生活が彼の心を鍛えに鍛え、単なる遊蕩児ではない、悪についてのふかい瞑想家と作家とに成長させたのである。時には彼は、細い紙を巻物のようにつぎあわせ、細かい字で厖大な小説を書きつづっていったこともある。厚い壁にとりかこまれた幽閉生活は、かえって彼に一人の創作家としての想像力を与えたにちがいない。

この牢獄生活中にあのフランス革命が起り、サドも釈放の身となった。釈放された彼はあたらしいフランス市民の一人として革命のために働いたが、後にその著書がやはり押収され、巴里郊外の精神病院に入れられてここで息を引きとった。

サドの生涯はざっと言えば右のようなものだが、その一つ一つは文字どおり波瀾万丈であるので、興味のある人は、澁澤龍彦氏の『サド復活』か、小生の『サド伝』をお読みになるといい。その他、日本では式場隆三郎博士の著書もあるが、これは遺憾ながらサドについて間違いが多く、あんまりお奨めできません。

サドの翻訳については、我々もずいぶん考えたのである。しかし、この大思想家にして十八世紀の文学者は、本国フランスでさえも、サディスムつまり倒錯性欲の一つである加虐症の元祖としてしか考えられなかったし、またさまざまな誤解にうずもれていたのである。サドの本当の考えや文学があらためて見なおされたのは、今世紀にはいってからだと言える。そういうわけで、サドを翻訳するためにはその文学をふかく研究した人でなければならぬことは言うまでもない。この点、今度の『悪徳の栄え』を訳した澁澤龍彦氏は、日本におけるサド文学研究の第一人者だし、中村光夫氏や三島由紀夫氏の編集になる雑誌『声』に掲載されたこの人のサド論は、外国のそれに勝るとも劣らぬ水準の高いものだったのである。

だからぼくらサドに多少とも興味をもっていた作家や文学者たちは、この澁澤氏の訳業で、長い間不当な誤解にうずもれていたサドのふかい文学に接することができるのを悦んでいたのだった。

『美徳の不幸』とともに

ところで押収された『悪徳の栄え』という小説は、サドの作品のうちでも『美徳の不幸』（この小説の題からみなさんは三島由紀夫氏のベスト・セラー『美徳のよろめき』を連想されるでしょう）とともにサドの代表的作品の一つといえるものである。つまり十八世紀の大思想家でもあるサドをつかむ大切な大切な本なのである。サド自身もこの小説を書くために長い牢獄生活で構想をねり、出獄後幾度も幾度も書きなおしたものであり、このなかにはサドの全思想がふくまれているとさえ言えるわけだ。サドの思想は限られた紙数で述べることは勿論できないので、ぜひ、この本をみて頂きたいが、彼は貴族の子弟でありながら、そうした封建社会のモラルや宗教に反抗し、非情な自然世界や悪のエネルギーと法則についてふかい洞察を示したのである。なるほど彼の小説のなかには肉欲の描写や暴力の讃美が多々あろう。しかしそれは以上のような彼の思想を小説に表現するための必然的な方法だったわけだ。それゆえサドの肉慾の描写が、読んでいて決してみだらな気持にならない。

その上澁澤氏は、この本の訳出にあたって、配慮に配慮を重ねて訳語などにも注意を払っている。また厖大なその作品の中からあまりに一般むきでない部分は削除もしている。こうした訳者の並々ならぬ配慮は多少とも原文を知っているぼくらにははっきりわかるのである。けれどもこうした努力にもかかわらず、この本は押収されてしまったのである。

警視庁への失礼な想像

ところでこの本は、警視庁の考えるようにワイセツ本だろうか。警視庁ではこの本を読んだ人がみだらな気持を起すと考えたわけだ。時はまさに春であるから、そんなみだらな気持の持主が世の子女に悪戯でもしてはかなわぬと思ったのである。

もし、この本が本質的にワイセツなら、翻訳者澁澤氏もこれを出版した出版社もお縄を頂戴すべきかもしれぬ。またサドの伝記を発表したぼくもその他のサドを讃美した文学者も引っ張られても仕方があるまい。

けれどもたしかなことには真の文学に価する文学作品の肉慾描写には一つの特徴がある。それは本当にその作品の最初から最後の頁までを一生懸命読んだ読者には、その肉慾描写がなぜ作品の中で必要であったかもわかるし、またそうした描写がいわゆるワイザツな気持で書かれたのでもなく、ワイザツな心を読者に起すものでもないことをしみじみと感ずるのである。早い話、有名な「裸のマヤ」という裸体画を見て、これがワイザツな気持で描かれたものであると考える男はみなから軽蔑されるにきまっている。また、これからワイザツな心を起す人間は芸術もエロ写真も区別できぬ下劣な男にちがいない。

サドの場合、警視庁の人が犯した過ちはこれなのである。特にサドの本の特徴というのは、大変、むつかしいという点だ。彼の自然や宗教に対する思想が作中人物の口からながながと述べられているし、またこれをよく読まねば、次に書かれている肉慾描写の意味も必然性も理解できるはずがないのである。そしてサドの本の最初から最後まで一生懸命読んだ読者には、この中の肉慾描写にはすさまじいモラルの気迫があって、「いわゆるワイザツな気持で書かれたのではない」ことがすぐわかるし、また「ワイザツな心を読者に起すものでもない」ことをはっきり感じさせるはずである。読者はどうか本屋でこの本を買い、ぼくの言っていることの正否をたしかめて頂きたい。

それなのに警視庁の人はどうしてこの小説をワイセツ本と考えたのだろうか。頭のあまりよくないぼくには、この点がよく理解できず、しきりに首をかしげたのであるが、二時間の長考の後、やっと思いあたることがあった。それは、警視庁の方がこのサドの小説の全部を読まなかったのではないかということである。そしてこの本の中から肉慾描写の部分だけ、こっそり熟読し、彼の自然観、宗教観、社会観を伝えるような頁はパッパッとめくり、目を走らせるだけか、全く読まなかったのではなかろうか。

こういう想像は、警視庁の方に大変失礼な想像であることは、ぼくもよくわかっている。しかし失礼だけれども、これ以外に想像できる理由が他にないのだから仕方がない。おそらく警視庁の人は、この本の肉慾描写だけを読んで、なんだか「変な気持になり」（自分はいい加減楽しんだのに）「これは社会の風俗を害する本である。折も折、春さきであるから、この本は痴漢発生を促すかもしれん」、こう思われたのではないだろうか。

つまりこれは「裸のマヤ」というあの絵のうちからマヤの下腹部だけをヒ、ヒ、ヒ、とほくそえみながら眺め、絵としての色も光も芸術性も考えることのできない下根な男の見かたと同じなのである。

これではエロ写真も「裸のマヤ」も同じにしか見えぬ。すると警視庁ではそんな下根な人が、出版物の検査にあたっているのだろうか。

訊問させていただきたい

警視庁の人はもしそう言われればムッとするであろう。いや、俺たちはあの『悪徳の栄え』の始めから終りまでたんねんに読んだのだと言われるかもしれぬ。決して肉欲描写の頁だけをヒ、ヒ、ヒ、とほくそえみながら抜き読みしたのではないと言われるかもしれぬ。

よし、それならば、あなたたちが本当にあの本を熟読されたのかどうか、たとえばぼくならぼくに調べさせて頂きたい。あの本の中からサドが宗教について、自然について、どう考えたか、答えて頂きたい。またそうしたさまざまの思想とこの小説中の肉欲描写との関係について答えてもらいたい。

センエツではありまするが、ぼくも十年間、サドを勉強している男の一人である。サドの伝記も書いたし、この大作家をしらべるためにフランスの彼の領地のあとにも出かけてきたのである。警視庁の人があの本を本当に熟読されたか否かは、五分間も話をさせて頂けばすぐわかるはずである。

一つの文学作品を熟読せずにそれをワイセツ本であるときめるのは、やはり横暴だといわねばならぬ。

横暴とまでは言わなくても、正当を欠いていると抗議することはできるはずである。どうか警視庁の係官がどれほどあの作品を正確に読んだのか、こちらで訊問させてもらいたいものだ。その上であの本を押収することが正当であるか否かをきめてもらいたいと思う。

獄中作家のある形態——サドの場合

本日は、獄中作家の日にあたりますので、フランス革命下の激動する社会に生きた獄中作家マルキ・ド・サドのことを、すこしお話ししたいと思います。

私は、戦後しばらくしてフランスに留学しました。そこで大きな衝撃を受けた体験の一つにナチスによるユダヤ人迫害、アウシュヴィッツやダッハウの収容所の存在を知ったことがあります。日本にいるときにはまったく知らず、向こうで大学の友人に教えられてびっくりしたのです。

私はリヨン大学に留学していましたが、リヨンの町を散歩していますと、暗い地下室の入口に銅板がはめ込んであって「ここでナチのゲシュタポが誰々を拷問した」と書かれています。拷問については、政治的な見方もあれば、社会的な見方もありましょう。最近ミシェル・フーコーの『監獄の誕生』の翻訳が出ました。彼は近代の牢獄は肉体的のみならず精神的な拷問をも加える場になってきたと書いています。私は暗い地下室を見た時に、いったいなぜ人間は同じ人間に拷問を行なうことができるのだろうかと疑問に思いました。

ところが、その後サドに関するいろいろな本がフランスで出始めました。私の留学後ですが、シモーヌ・ド・ボーヴァワールのサドについての有名なエッセーが「タン・モデルヌ」誌に載ったりしました。そのころから私もサドのことを少しずつ本で読むようになったのです。

サドのことについて、あまりご存知でない方は、日本のものでは澁澤龍彦さんの『サド伝』をお読みになるといいでしょう。サドの生涯を精密にまとめられた興味深い本です。

実際、サドという人はフランス革命のころの貴族、マルキ・ドですから文字どおり侯爵だったのです。革命直前の貴族は、いまの私たちとある点で似ているような気がします。

それには二つの点があります。まず第一に、彼らは経済的、政治的に支えられていた社会の地盤をだんだん脅かされてきました。市民階級が次第に力をもち、ルイ十六世やマリー・アントワネットを取り巻くベルサイユの貴族階級を脅かしてきたのです。つまり社会的地盤に対してデラシネといいますか、だんだんその根がなくなってきたのです。

もう一つは、彼らを従来から支えてきた思想、宗教的理念としてのキリスト教が信頼できなくなってきたのです。サドと同世代の貴族たちは、社会的にも思想的にも自分たちを支えているアイデンティティーを失って、自らの存在の拠り所をどこへ見つけていいかわからなくなってきたのです。

従来、貴族は、自らの人生や生活は、キリスト教によって支えられているという理念を持っていました。しかし、それが危うくなってくると、あらためて自分と向き合って自己のアイデンティティーを問うようになり、暗中模索の時代が始まりました。以上の二つの点で、今日の世代と少なからず似ていると思うのです。

これらの貴族階級のなかにリベルタンと称される人々がいました。リベルタンといえば、リベルタンの一人ラクロの『危険な関係』は、とてもおもしろい小説です。これはある自由思想家の貴族が、どんなやり方をすれば女の気持が自分の思い通りのものになるかということを、相棒の貴族の女性に逐一報告しながら、指導を受けて、清純な女を誘惑していく話です。

清純な女の場合には、手練手管は簡単なのですが、男から男へ遍歴をした貴族の女性だと、誘惑するのは大変なことです。自分が、嫉妬に燃えているときでも実に平静な顔をしていなければならないし、激情にかられた際にも、抑制して無関心なふうを装うなど、いろいろなテクニックを要するのです。

この小説は、けっして好色さだけを狙ったものではありません。主人公がいろいろな衝動や感覚を自ら十分にコントロールできる人間になろうとする意志と意識を描いた、見事な心理小説といえます。どんな感情が起きても、それを自分で思いのままに支配するように努力するのです。つまり、主人公が自らのアイデンティティーを求めているといえます。ラクロはこの小説によって、それまでのキリスト教と貴族社会の成立が困難になり始めた時、自分は一体何者なのかと問い詰めています。人間の意志と感覚を自由にコントロールすることによって人間を考察しています。単なる好色小説をはるかに越えた近代心理小説の先がけといっていいと思います。書簡体によって書かれていますが、話の筋の展開も非常におもしろい小説ですから、お読みになっていらっしゃらない方はぜひお読みになるといいと思います。

サドも、このようなリベルタンのうちの一人に属すると思います。南フランスのアビニョンにすぐ近いラコストの城の領主を兼ねた、フランス王家と血のつながりのある貴族でした。彼の名前から、サディズムという言葉が生まれましたから、なにかとても目茶苦茶なことをしたイメージを受けますが、実生活を調べてみるとそれほど大したことはやっていない。一回目は、一七六八年の復活祭の日のことです。パリにヴィクトワール広場という場所がありますが、そこでケレルという貧しい女が物乞いをしていますと、一人の身なりのいい男が現われて、アルキュエイユというパリ郊外の小さな町の彼の家で手伝い婦にならないかと言って馬車に乗せてつれて行きました。アルキュエイユはいまも残っていますが、当時は小さな村にすぎませんでした。私もそこを訪ねたことがありますが、まだ昔の面影があり、サドの住んでいた一角も残っています。

家へ到着すると、サドは彼女を一室へ連れ込んで、「裸になれ」と命じました。しかしケレルは「復活祭の日にそんなことをしたら神様の罰が当たる」といって泣き、「神父様に告解もしていないのにそんなことできません」といいました。すると、彼は「告解ならおれが聞いてやる」といって、彼女をロープでふん縛り、鞭で叩いたといいます。叩いた後では、傷口に薬をつけてから飲物をやったりしたのですが、別室に行っているあいだに、彼女は窓からシーツを結わえて逃げ出し、アルキュエイユ村の女たちに助けを求めたという事件です。

二番目は、それから四年後の一七七二年に、マルセーユで、五人の娼婦に下剤の入ったボンボン飴を食べさせて、下男と一緒にはなはだいかがわしいことをやったのです。その裁判記録がありまして、サドの研究家で有名なレリイという人がまとめています。

それからもう一回はその翌年つまり一七七三年に、ラコストの自分の城に十五歳になった少女を領内から連れてきて、いかがわしい一夜を送ったということです。しかし、けっして殺したりはしていないのです。

彼の起こした女性にまつわることがらは、その三つの事件が主なものです。しかし、彼はその結果、訴えられ欠席裁判にかけられて死刑を宣告されたのです。当時のキリスト教の裁判はものすごくきつかったのでしょう。

そこで彼は義理の妹とイタリアに逃亡したりもしました。しかし、やがて捕まって、一七七八年にパリ郊外の、バンセンヌの牢屋に放り込まれ、十二年間身柄を拘束されました。先ほどの三つの事件だけで十二年間の幽囚の身となったのです。その後バンセンヌから、一七八四年に、革命が起きてパリ市民が最初にノロシを上げた例のバスチーユ監獄に移されるのです。これが彼の牢獄に繋がれた契機であり、そしてその顚末なのです。

最初に、サドを牢獄文学者といいましたし、フランスでもそのように呼ばれていますが、はたして現代の正確な意味で牢獄文学者といっていいのかどうか。つまり現代の牢獄に入れられた作家は執筆を停止させられます。自分の思想を表白することはできません。先ほどのミシェル・フーコーも現代の牢獄は、単に肉体的に監禁するだけではなく、精神的な思想改造を迫ってくるといっています。

しかし、サドの時代は、まだ肉体的な監禁のみで、精神的領域には踏み込んでいなかったのです。日記を書いたり手紙を書いたり、ものを書くことが許された。もっとも、囚人ですから、外の世界からは隔離されていたことは、いうまでもありません。

しかし、世の中から遮断されたこの状況の中で、彼は自分の外界と闘おうとしたのです。

彼が闘ったのは、王制であり、キリスト教の支配している世界です。この世界に対して彼は自らの想像力という武器によって闘いました。つまりキリスト教的倫理と、そのキリスト教に支えられている封建社会を乗り越えるために文学を使ったといえるのです。後になって発見された原稿は、幅十二センチの紙を糊づけしてズラッと長い巻物をこしらえ、表にいっぱい書いたあと、裏にも書いています。

それは、精神分析の医者でアウシュヴィッツ収容所に入れられたフランクルが、獄中記録『夜と霧』を記すのに紙を糊づけにして長い物をつくり、そこに細かく記録したのと似ています。

私は実物を見たことはないのですが、写真版を見ると、実に細かい字で表裏にわたって多くの文章が書かれています。彼は外界を膨大な量の言葉によって圧倒しようとしたのです。外の世界の理念に対し、すさまじい長編にエネルギーを注ぎこみ闘いました。その小説からは、饒舌によって外界に挑もうとした彼の意図がよく理解できます。

これは換言すれば、幽囚の身でなければ、彼のすぐれた小説は書かれなかったということです。彼がもし捕われていなければほんの慰めごとに、つまらない好色小説を少しばかり書いて満足している貴族の一人にすぎなかったかもしれません。しかし、彼は投獄されることでいわゆる文学者の名に値する人間になったのです。牢屋に入れられたために、自分の行なった行為をはるかに超え、イマジネーションによる哲学を考えた。

獄中作家の日に矛盾した言い方になりましたが、今日の獄中作家の状況と、サドの時代とはまったく異なるのです。昔は書く自由は与えられていましたが、現代は言論活動の自由を奪われ、ひいては精神の衰弱にまで迫られます。それは、ソルジェニーツィンの例でもおわかりになるはずです。

ここでサドの考え方を簡単にお話しします。彼については、ボードレール、クロソウスキー、バタイユ、ボーヴォワールほか、多くの人が関心を持ってきました。私は、素直にみるならば、彼自身の考え方は次のことだと思います。

当時のキリスト教は、この世界は神様がいいものをバラまいていて、自然のなかに神の投影、神の御姿があると考えていました。自然は生命を育み、成長させる神の愛と慈悲に満ちた状態であると信じられていました。

これに対してサドは、自然は、悪意に満ちた破壊の状態だと徹底的にいうのです。自然の生態を見れば、それは弱肉強食の世界である。神が愛ならば、自然は神に対する悪意を形作っている、と多くの作中人物に言わせています。

映画にもなりましたが、『ソドムの百二十日』のなかで、ある人物は次のようにいいます。作者の思想の一端を実によく表している例だと思います。

自然が悪い性質を与えられれば、自然の目的にとって悪い性質も必要だ。自然の手のなかにあるおれは自然が勝手気ままに動かす機械のようなもので、どんな罪悪を犯したところで、自然の役に立たぬ罪悪は一つとしてない。

つまり自然の原理は主人と奴隷のような関係、悪や破壊のかたちをとっているというのです。キリスト教のもっている欺瞞性に対して、本当の自然の姿を暴いて見せようとしました。彼はキリスト教のもっている偽善を徹底的に嫌った。その偽善が端的に現われているのは処女です。処女は一見清純そうに見えて、一方ではわれわれ男を罪に誘う面をもっている。しかも、その自分の矛盾に対してまったく無神経な状態である。この清純な処女を、あるいは美徳を装っているものを破壊しなければならないと考えたのです。

私は以前にこういう考え方もあるのかと思いました。後に吉行淳之介氏にこの話をしましたら、彼も「処女は嫌いだ」といっていました。「どうして」と聞くと、「不潔で身勝手だ」というのです。もっとも彼とサドの考え方はややちがうと思いますが、言葉のうえでちょっと似ていたのでお話ししました。

それはさておいて、サドは自然のもっている悪意を非常に強調しています。

後になって、ユングも、サドと同じ考え方をしているのを発見しました。ユングは私たちの無意識を深層心理のなかでずっと探っていくのですが、その過程でわれわれの精神の形を元型と名づけます。元型の一つに「母なるもの」があります。それを普通私たちは、「子供を抱いて慈しみ育てる」と考えています。ところが、元型のうちには慈しみ育てると同時に愛するものを食い殺してしまう面がある。つまり「母なるもの」は愛するものを自分のものにするために食べてしまう、破壊の面があります。ユングは「母なるもの」に両面があるのと同様に、もし神が存在するならば、神はわれわれを慈しみ愛すると同時に、破壊するといっています。

サドは、キリスト教がその慈しみ育てる面を強調したのに対して、もう一方の破壊の面を強調した思想家だといえるでしょう。したがって、彼はいろいろな破壊の物語を書いたのです。美徳に対して悪徳を、神に対して冷酷な自然を呈示しました。彼の最も憎んだのは、十八世紀末の衰弱したキリスト教的倫理と封建社会の偽善なのであり、その仮面をひっぱがして自然の本当の姿を明らかにしようと試みたのです。

しかし彼の描写はあまりに極端なので、私は読んでいて、本当に男女のあいだで可能なのか疑わざるを得ない個所にぶつかるたびに笑い出してしまうことがあります。つまり牢獄に閉じ込められているので、空想、想像力に溢れていて、かえって〝猥せつな〟感じが少しもしません。むしろSFを読んでいるような超現実感にとらわれてしまいます。

以前に澁澤龍彥さんがサドの翻訳で裁判にかけられたとき、裁判所はこれを猥せつ文書としましたが、サドの本で本当に猥せつを感ずる人はよほど猥せつな人じゃないでしょうか。私は特別弁護人で一回出ましたが、「猥せつを感じ、猥せつを刺激し……」と検事がいったとき、この人は、部分だけお読みになって、全体を本当は読まなかったのではないかと思いました。

最後に、なぜ、いま私がサドに関心を持っているかを、お話しします。私は二十世紀のキリスト教の小説を勉強して自分でも小説を書いてきました。そして、書き始めた時から、きょうまでずっと、人間の罪とは何か、そしてそれはいったいどこからくるのかと考えつづけてきました。なにを以て罪とするかということでは、私は昨日まで人を殺せといわれて育てられたのに、一夜明けて戦争に負けたら、急に民主主義だといわれた世代ですから、いわゆる社会的な道徳などはあまり信用していないのです。もちろん、いちおうは守っていますが、心の底から信じているわけではないのです。牢屋に行きたくないから守っているだけで、中近東の貧しいところの子供が本当に親兄弟のために何か盗んだって誰も怒りゃしません。社会の道徳は、時代によって一日で変わるようなところがあるので、私はあまり信用していないのです。

しかし、宗教的倫理は社会道徳とちがって世間体などからではなく、われわれがずっと抑圧した心の奥底からきます。私たちは、すべての欲望を満たすのは不可能ですから、それを抑制していくうちに、欲望は無意識となって沈澱します。しかし、無意識となった欲望は消え去ったわけではなく、いつかどこかで爆発します。三宅島の火山のように噴出します。それはたいていの場合に罪ということになってあらわれます。

自分の夫に不満を持った妻がいて毎日感情を抑えている。夫を裏切ってはならず、愛そうと思って一生懸命努めますが、夫はあまり善人すぎて、彼女はかえって愛せないこともあるでしょう。そうして抑えつけていた感情が、ある時、抑え切れずに、いわゆる姦通として別の人を愛してしまうことだってあるでしょう。これを仮に罪とします。

しかし、その実体は抑えてきたものが爆発したわけで、視点を変えますと、彼女が自分のアイデンティティーを探し求めた結果なのです。いまの生活は本ものではない、私は本当の生活が欲しいという欲望が、夫以外の人を愛するかたちをとります。

流行の言葉で「再び生きる」と書いて再生といいますが、罪の裏返しは再生のかたちをとっています。嘘をつくのは罪なのかもしれません。しかし、嘘をつく人の話を一生懸命聞いていると、彼が実生活の上で手にすることのできない幸福をさかんにしゃべります。彼はいまの自分は本当の自分ではないのを、嘘に託して無意識のうちに語るのです。

私はこの二十年の間、人間の罪についてずっと書いてきましたが、罪はひっくり返せば救いだと考えるようになってきました。

ところが、この罪のうちに属さないものがあることを、留学時代漠然と感じとったのです。それは初めに申し上げましたが、リヨンの学生時代、ナチのゲシュタポが拷問をかけた地下室をのぞき込んでいると、拷問される人間の悲鳴や呻き声が聞こえるような気がして、拷問を加えている者の顔を思い浮かべました。拷問という行為は罪とは別なものだと思いました。

拷問を行なうもののなかには快感があります。その欲望は、私のなかにもありますし、どんな人の心のなかにもあるはずです。

最近、新聞を開くといじめの問題がよく出ています。臨教審が取り上げて問題にするようですが、原因として親の家庭教育や日教組が悪いなど、いろいろと挙げられています。しかし、結局いじめるのがおもしろいからやっているのでしょう。弱い、無垢なもの、抵抗しないものをいじめるのは、いじめる側に快感があるからやるのです。

私たちには、自分が救われるとか、美しきもの、よりよきものに向かって上昇する喜びがあります。同時に下降する快感があります。フロイトはこれを死の欲望、エロスに対してタナトスといいました。われわれの心のなかには下降するときの感覚に対する美があるといいます。罪は必ずバウンドして、また上のほうに向かおうとする欲望の変形ですが、これとは逆にただひたすらに下降する欲望があるのです。それは、悪と呼ばれるものです。

どんな人間の心の底にも自己破壊か他者破壊の欲望が潜んでいます。その欲望＝悪の悦びを暴きだしたのがサドだったのです。しかし、彼は小説やイマジネーションの世界では、多くの人を殺戮し、破壊しましたが、実生活においては、血を流すことを好みませんでした。革命下にバスチーユの監獄から出されると、彼を非常に苦しめた義母をはじめとして、たくさんの市民がギロチンにかけられそうになるのを助けたりしているのです。悪の欲望、殺戮の快楽を探究しながらも、現実生活の上での行為の接点は興味深いと思います。

私は彼のこうした実生活上のバランスの取り方は文学の一つのあり方を象徴しているような気がするのです。

いずれにしろ、二十世紀の人がサドを見直すのは罪と悪との区別を考える上でも、意味のあることといえましょう。罪ではなく、悪こそが、今日の私たちの最も大きな問題だと思われるからです。

Ⅲ

渡邊一夫『狂気についてなど』

先日、朝食をとりながら朝刊をふと覗いていると、京大の文科学生が、暁方、同じ文学部の女子学生を殺害したと云う事件が眼についた。犯行後、自首して出た彼は、その動機が《観念論と唯物論との調和に苦しんで》決行したものであって、単なる恋愛の沙汰ではないと告白している。記事も簡単だったし、真相が奈辺にあるか、新聞だけでは信じられなかったが、嫌あな気持が胸に拡りはじめた。何時もの様に家人は談笑しながら食事をしていたが、僕はすっかり白けた心で食堂を出た。

その後、まもなく、阿部知二氏の「おぼろ夜の話」（新潮・三月号）を読んだ。今度は不愉快と云うよりは戦慄にも似たものが背すじを走った。此の小説は、くだんの京大生事件を素材として現在、二十歳代の殆どすべてといっていい青年の心的状態を無惨にあばいた。人ごとではなかった。此の小説の主人公もあの京大生も僕等二十代の或る図式の投映な事は嫌でも僕にはわかっていた。僕たちはただ行為に具象化しなかっただけに過ぎぬ。

「此の事件を学生に話したことがあるが」と阿部氏の小説は書きつづける。「その学生の多くが必ずしも石狩を《悪い》と云わなかった。……われわれの住むこの世界がかけらになっている。善も悪も美も醜も何処によりどころがあって判定できるというのか。規範はありはしない。何をもって、われわれの内と外とでバラバラになったものをつなぎ合せるか。唯物論か、ニーチェか、復古して神か。石狩はむしろ、その小さな頭脳一つで完全なる世界映像を求めて、必死にあがいた。対象が何であるかと云う事は問題ではない。……石狩には、規範を見出せなかった彼には、殺人が悪いと云う事も分らなかったのだ。勿論、殺人は悪いであろう。しかし石狩の意志と勇気だけは、我々の様に、こなごなの世界像の破片を抱きながら妥協とデカダンスの真似事とでうごめいているものより上だ。この様に学生たちが口々に云うのをきくのはおそろしい事だった」

おそろしい事だ。然しそれが或る意味で今日、二十五歳から二十七歳にかけての若い世代にとっては、真実なのだ。その年齢者の一人として、僕は、周囲の友人の中に、これと同じ様な事をかくし、生きている者の姿を全てといって良い程、見ている。あの陰惨な戦争中、此の世代は丁度未だ批判力も自己知識も成熟していない年頃にあり、而も他の世代以上に容赦なく死の匂いだけは充分嗅《かが》されたのだ。どうして生きていったろう。ひろびろとした生の熱情《パシイオン》と叡智とを教えられる代りに、何ものにでもよい何かへの狂熱《フレネジイ》が自己の運命への不安を誤魔化す唯一つのものだった。まさしくこの狂熱は本来死が生みだす業火の炎であったのだ。凶暴な此のあがきの中には豊かな生命ではなく実は死の陰惨な形相がひそんでいたのだ。

戦争が終った。外面的に死の危機は去った。だが、彼等の心からは死は去らなかった。今更のように自己の《魂の無政府状態》とそのバラバラな精神破産に気づいた時慄然として彼等は脅え、夢中で突進し、縋《すが》った。戦後の様々の思想や主義によって、いち早く自己を救うために。

その狂暴な跑《あが》きには臨終の痙攣にも似た死臭が漂っていた。かつて彼等が彼等の不安に追いつめられ集団の中に一切を誤魔化したあの frénésie の狂おしさと、本質は同じものがひそんでいた。二十六歳にして既に若いコンミュニストである若い青年の瞳をみるといいのだ。そこには矢張りひろびろとした自信よりは何か怖しい烈しさと時としてかなしい暗い翳が漂っている。彼をそこに到着せしめたものは真に唯物弁証法と革命に対する絶対信念とか。それとも……。それとも、それに先だって彼の心の弱さに滑り込んだ自己破産を救おうとする苦しい本能だったのか……。

戦後の文学は彼等を一層、みじめにするのみだった。それは彼等を象徴とする此の人間の《生ける屍》の姿を描くのみに専心し、そして時にはそれを弄びさえした。あたかも、そう弄ぶ事が文学の本質であるかの様に、そこに泪を流し、慰め、鎮める事は一切《逃避》とか《人間をみない》と云う安易な批評語で一捨されていった。

これらの世代の苦しげな frénésie、その青年の一人が深夜、ふと次の様な言葉を読んだら、どう思うであろう、「狂気によってなされた事業には必ず、荒廃と犠牲が伴うのだ。真の偉大さは狂気に捕えられやすい人間である事を人一倍自覚した人間によって誠実に地道になされるものなのだ」と。

静かな然し燃えつきることのない叡智をこの様にしめされて、わかりきった事とは云え彼は彼の分裂した思念からたちのぼる業火の炎を思いやり、自分のみじめさに声をあげて泣きたい程なのだ……。

長與善郎『切支丹屋敷』

最近、田中千禾夫氏が文学座で「肥前風土記」を上演し、山本健吉氏が「きりしたん事始」を上梓するなど、きりしたん回顧がなかなか盛んであるが、これは大正末期の文人たちのようにたんなるエキゾチックな趣味や浪曼主義のためではあるまい。今日、我々が再び、きりしたん時代に興味をもつのは大体二つの理由がある。第一には我々に最も縁遠い西欧の基督教があの頃、いかようにに日本の岸を洗ったかという関心である。つまり東洋と西欧との二つの精神の闘いや対立を、もっと本質的に究めるべき今日、あの「きりしたん時代」は見逃せないのだ。第二にあの時代には裁判と拷問、転向と殉教、弾圧と抵抗など、今日の我々にはピンと来る問題ばかりが血なまぐさく、くり展げられているからだ。

長與氏のこの作品は前作「青銅の基督」の続篇ともいうべきものだが、文学的には確かに前作に劣る。けれども今述べた第一の主題、東洋と西欧の二精神の闘いを「青銅の基督」よりもはるかに押しだしているため、私は興味ふかく読んだが、率直に言うと「食い足りぬ」という感じは拭いきれなかった。

現在、東京都の史跡になっている茗荷谷の切支丹屋敷はもと井上筑後守の屋敷で、「青銅の基督」にでてくるフェレイラや、またキャラのような「ころびばてれん」をはじめ様々の信者たちが訊問、拷問をうけた場所だが宝永六年にヨハン・シドッチとよぶ伊太利宣教師が新井白石の調べをこの屋敷で受けている。白石がこの訊問を土台として「西洋紀聞」を著したのは周知のことである。長與氏はこの白石とシドッチの対話をこの戯曲の山にしているが、戯曲中のシドッチの基督教についての知識も考えもまことに阿呆らしく、これでは後年、遂に異国の土牢で殉教したシドッチが地下で泣くだろう。だが問題はそんな所にあるのではなく、こういう知識で西欧精神の地下水とも言うべき基督教を摑え、東洋と西欧両精神の対立をとりあげる啓蒙文学者の育ちの良さ、こわいもの知らぬ寛容さにはつくづく羨望の念を禁じえなかった。

切支丹屋敷を作った井上筑後守という男は作者も序文で書いているように、元蒲生氏郷の家臣で、一度、基督教にかぶれた形跡もあったくせに天草、島原の乱後、信者の検挙、掃蕩に凄い辣腕をしめした二重人格者だ。ただ彼は従来のチンピラ役人とはちがい、信徒を苦しめれば苦しめるほど拷問と虐殺とをくり展げれば展げるほど、きりしたん達の信仰は熱狂的になり、殉教を願うという人間の魂のふしぎさを見抜いて逆の手を使った男なのである。こういう弾圧者こそ、今日の我々にはピンと来るし、むしろ単純なヒューマニスト新井白石などよりは興味シンシンとするのだが、戯曲中、この筑後守もまた一人の智慧者としてしか扱われていないし、新井白石のかげにかくれて霞んでいるのである。どうもこういう奇怪な男を登場させながら、それを罪のない男に消化してしまう長與氏と我々とは感覚的にピタリと来ないような気がする。いい材料を使いながら、惜しいことをしたものだというのがこの本を読んだあとの率直な感想だ。

島崎敏樹『病める人間像』

先頃、私はある看護婦さんからヘンな話をきいた。「長い間、病人相手に暮してますとチャンとわかるんですよ。人間の人生観なんて体の血の量に左右されるんですから。胃潰瘍や痔で毎日、少しずつ血を体外に出している人はみんな考え方が暗いんです。それが、この血がとまると急に楽天的な気分に変りますからねえ」

本書の中で「創造の病理」という文章は大変面白いが、その見かたはこの看護婦さんのそれにいささか似ているのである。

島崎博士は人間の体質の原型を「循環性気質をもつ肥満型体質」と「分裂性気質をもつ無力性体質」の二つにわけている。この後者の「分裂性気質をもつ無力性体質」とは、わかりやすく言うと、艶のない顔色をして脂肪の欠けたゴツゴツした手をもち、胸は洗濯板のようにウスく、猫背になって往来を歩き、たまに傲然と胸でも張ればドブ板にけつまずくような男で、劇作家、ロマン詩人、形式作家にはこの無力性、分裂性体質が目だつのだそうだ。

一方「肥満型、循環性気質」の人間とは、文字通り、肥えて血色もよいがこういう人が文士になると菊池寛のように線の太い現実的作家や快活なフモールにとんだ作品を書くわけだ。

一番、芸術創造にむかないのは、この二種にも属さない「類てんかん性的、闘士体質」であって、このタイプはカン骨とあごが張り、手先、足先が大きく、皮膚のきめの粗い人たちで、普通は礼儀正しいが、カッとした時は攻撃性にとむのだそうである。

私はこの文章を読みながらゾクゾクと楽しく、先輩、友人の体格や血色をこの三つに分類して、××君は成ほど無力性分裂だから、あんな小説を書くのだなとか、○○さんは類てんかん性かもしれぬと考えこんだのだが、その上、いっそのこと、こういう体質型から作家論を発表したら、さぞ批評の規準のない現代文学に大いに役にたつかもしれぬと思ったほどだった。事実、島崎氏もこの本の中で「太宰治、人と作品」と題して太宰の作品から彼の精神分析を試みていられるのである。

だが首を少しひねってみると、折角の名案も困ったことができた。つまり、この方法は医学の領域では面白いかもしれぬが、ゲイジュツには余り関係がないのである。太宰の作品から太宰がマゾヒストであるとか精神分裂であるとかを導きだしても、そこからは何の結論もでない。作品という一つの芸術価値を体質や無意識という没価値なものの上にバラバラにしても作品はビクともしないのである。つまりこれは猿がラッキョウをむくようなものであって「むくためにむく」という馬鹿々々しい方法にすぎない。のみならず、すべてのマゾや分裂症が太宰やネルヴァルのような作品を書けるかといえば絶対にそんなことはない。太宰やネルヴァルはマゾか分裂症だったにちがいないが、そうしたマゾヒズムや分裂症を昇華するX、つまりマゾの太宰を芸術家たらしめたもの、分裂症のネルヴァルを詩人たらしめたもの——このXを考えるのが芸術の批評なのである。

近頃、仏蘭西などでも精神分析方法による文学作品の批評が流行しだしているが、そこには右のような根本的な誤りがある。島崎博士もそのことはチャンと心得ていられるのであって「作家の人間の姿を作品のなかに読みとろうとすることは鑑賞とは別の次元である」と書いていられるのには賛成だ。

信頼のおける観察——竹山道雄『ヨーロッパの旅』

ちかごろ海外から帰国した人の旅行記やルポがよく眼につくようになった。みしらぬ異国の人情、風物、社会を我々に報告してくれる労は大変ありがたいが、さて、読みおわると、何時も一つの不安を感じてしまう。

その不安とはこの旅行者、いかにも自信ありげに書いとるが、どこまでホンマかいな、と言うことだ。早い話、外人の書いた日本旅行記を読む時、多くの場合、その観察が針小棒大、部分をもって全体をはかったり、表面だけ見て全部を割切ったりしているのに出くわし、苦笑を誘われるものだが、それと同じように海外に旅行した日本人の観察も何処までホンマか心配になってくる。まずその旅行者がその国の言葉にどの位、通じていたかも怪しいし、見聞した場所も話した人も限られているだろうから、そこから生れる結論にはどうしても限りがあるはずだ。ホテルの女中だけを見てフランスの女性はね、と言われてはタマったものではない。だが往々にして旅行記の著者の中には、かの国でいかにも外国語をペラペラとしゃべったように書く人もいるのである。

竹山氏の『ヨーロッパの旅』に信頼感がおけるのはこうしたイヤ味のないことだ。イタリアやスイスやドイツを回りながら、氏はいつも自分の観察が個人的印象ではないかと注意を払い、早急な結論を避けようとしている。氏の語学力は正確なものと聞いているし、またその欧州旅行も二度目だが、それでも氏は一つの結論を出すためにはあらゆる角度から観察しようとしているのだ。

この旅行記の中で一番、生々しい面白さをもっているのは東と西とに引き裂かれたドイツの現状の報告記だろうが、むしろ楽しみながら読めるイタリアとスイスの旅行記の方をとる。この二国を旅している時の氏は気分もゆったりとしていて、ゆたかな光と美しい風景のなかで思う存分、その感覚をたのしませ、これだけでも立派な旅行文学である。もともと、氏の中には一種、中世的なものをあこがれる感覚があって、今度の場合も、それが風景や人間や芸術作品をみたりする時のひそかな視点になっているようだ。氏が光と共に影をもち、廃墟に恵まれたイタリアには思う存分たのしんでいるのに、スイスという余りに近代的な、あまりに合理的な国には、かすかな不満を感じているのはそのためである。

この二国の旅行記は旅日記という名にふさわしいが、東独と西独とに分割されたドイツの見聞記はむしろ生々しいルポといえよう。氏はさまざまの階級の人、さまざまの職業の人を及ぶ限りたずね歩き、西独と東独との現実を調べようとする。もちろん、東独にははいることが出来ないから、むこうから逃亡してきた人々の言葉を集めるより仕方がない。もっともこの逃亡してきた連中はほとんど東独に不満をいだいている人だということを念頭において、この章は読む必要がある。氏がそこから引き出した観察は東独の悲惨と貧困ということになるが、これは氏の出会ったドイツ人の大部分が西独の人か、東独からの逃亡者であるため、当然であろう。だがこうした観察を引き出すために著者がはらった努力は並々ではなかったろう。

近頃、たてつづけに欧州旅行記めいたものを三、四冊、読んだがやはり、この『ヨーロッパの旅』が一番、充実していて面白かった。

日本で朽ちた西洋文人――佃実夫『わがモラエス伝』

書評の書きかたから少しはずれるが、この本を手にする前の自分の気持から語りたい。わたしは五年ほど前から、切支丹時代に日本にきて迫害のため転《ころ》び、そのまま日本に住みついたフェレイラや、キャラのような転びパーデレ（神父）のことを調べていた。そしてそのとき、いちばん資料に乏しく、想像するのがむずかしかったのは、こうした外人たちの日本における孤独な晩年だったのである。そのとき、わたしの念頭にうかんだのは、フェレイラと同じポルトガルに生れ、日本にきて日本で一生を送ったモラエスのことだった。

シャープな軌跡と挫折

フェレイラとモラエスとを並べてみるとき、わたしはこの二人に、なぜかふしぎな血縁関係のようなものを感じる。

ジブレイラに生れた宣教師フェレイラは、二十三年間の日本布教をおこなったあげく逆さづりという拷問のために棄教し、名も沢野忠庵と改めさせられて、生涯、故国にも帰れなかったのだが、その人生とはまったく同じでなくても共通した原型を、ポルトガル人モラエスのなかに見出しえないだろうか。

それが、本書をひらく前のわたしの気持だったのである。そして、わたしはその気持が佃氏の著書によってたしかめられるような気がした。

「モラエスを私が愛してやまないのは復讐と贖罪のためである」と冒頭から氏は語っているが、この本で何よりもわたしを感動させるのは、著者のモラエスにたいする憑《つ》かれかたである。

大きくわければ、人妻マリーアを愛した青年時代のモラエスを第一の布石とし、それから東へ東へと旅をつづけ、日本に安住の地を見つけようとするモラエスを第二の布石とし、日本女性を妻とした時代を第三の石におき、そしてクライマックスともいうべき孤独寂寥の晩年とその悲惨な死を描いた後半まで、一行一句にいたるまで、佃氏の憑かれかたが読者にひしひしと伝わってくる。

じつをいえば、わたしは人妻マリーアを愛した青年時代を最初、少し「書きすぎ」だと考えていたのである。しかし後半にいたって、基督教をすてえなかったモラエスの魂の秘密を佃氏がさぐりあてる個所にいたったとき、はじめて第一の布石がなぜ「書きすぎ」と思われるまでに細かく置かれたか知ったのだった。

モラエスの日本観について、ここでは細かに紹介はしない。しかしその日本観はその深さというよりは、われわれが日常みなれているものもこのような見方で眺めえられるのかという新鮮さをわたしに与えた。

異郷での死にざま

だが、そうしたモラエスの日本見聞以上に佃氏が生き生きと描きだすのは、殿中姿やメリヤスの下着を着たモラエスの姿である。

日本の子どもたちにおそれられ、日本人に結局は理解されぬ孤独な男の姿である。わたしはフェレイラの影をそこから読みとった。

とりわけ、晩年の体の自由がきかなくなったこの外人が、土間に落ちて死ぬ場面は、悲惨というよりおそろしさを読者に与える。窓の外や床の下は糞便と酒瓶だらけであり、その死は事故死か自殺かあいまいである。佃氏はそこからその死因を追究していこうとする。しかし、自殺であれ事故死であれ、フェレイラもまた、同じような死にかたをしたのではないかと、わたしはこの本を読みながら考えたほどだった。

とまれ、この『モラエス伝』は作者の対象にたいする熱情だけとりあげても、近来まれな優れた伝記だといえる。そして佃氏が今後、この仕事をきっかけにモラエスと同じように日本にぶつかり、ぶつかったゆえに死んでいった外人たち（それはかなりいるのだ）の伝記を、われわれのために次々と書いてくださることをわたしは心からねがう。

ヴィクトール・E・フランクル『夜と霧』

私はフランスにいた時、しばしば、ナチ残虐展覧会なるものを見た。この本にも収められている凄惨、眼を覆うばかりの各収容所の写真は、私に悲しみや苦痛感ではなく、まず生理的な烈しい嘔吐感を催させたのである。

私は人間が神にはなれないにしても、悪魔にはなれることをこの記録と写真とで知った。

抵抗力のないポーランド人やユダヤ人はこれらナチの六つの強制収容所のなかで、あるいは飢えあるいは強制労働あるいは拷問や人体実験で、次から次へと殺されていったが、もっともわれわれを戦慄させるのはアウシュヴィッツ収容所のガス部屋である。

ナチはポーランド人とユダヤ人とをこの地上からまったく抹殺するために五百万人を数えるポーランド人を虐殺したのだがうち三百万人はこのアウシュヴィッツの収容所で家畜のごとく屠られたのである。そして、その彼等の大半はガス部屋に送られたのだった。

ナチにとっては人間は木や石と同じ物体にすぎなかった。

だから彼等は収容所のポーランド人を医学のモルモットの代りに使ったり、その皮をはいで電気のシェードや袋をこしらえたのである。

この『夜と霧』のおそろしさは人間の魂を離れた科学や機械文明が悪魔の嗤笑《ししょう》を叫ぶところにある。しかも筆者はユダヤ人であるためその地獄に送られながら一人の精神分析学者としてこの貴重な記録を書きつづったのだ。彼は人間を勝たしめたのである。

アンドレ・パロ『キリストの大地』

新約聖書がたとえ、歴史的、宗教的背景を知らぬ日本の読者にも感動をあたえるのは、基督の言葉が人生や人間の本質をついているからだが、同時にこの聖書の主人公ともいうべき基督の人生が——古今のいかなる文学作品の主人公たちよりも——劇的であるからだ。しかし、その劇的な人生や言葉の背景にあるものを少しでも知ろうとなると、参考書は文字通り汗牛充棟ただならぬものがあり、それぞれの解釈によって差があったり、あるいは素人にはいささか専門的すぎてしまう。

そういう意味で、ダニエル・ロップスの『キリストとその時代』を私は自分の親しい友人にいつも奨めているのだが、ここにみすず書房から出版されたアンドレ・パロの『キリストの大地』はロップスのそれよりも手頃であり、多くの美しい写真によって聖書を身ぢかに感じさせてくれる本だと思う。

今更言うまでもないことだが、基督は自分の話をきく人々のために、彼等の生活に即して彼等の毎日みている道具や草木をたとえにして、神の道を説いた。こういう言いかたは気障ではあるが、その意味で当時の基督の言葉は、むつかしい議論にあけくれる学者たちの説教より、もっと文学的であったのである。つまり「心で話し」「日常生活で話し」、どんな庶民にもわかるような言葉で語ったのである。

そういう意味で、歴史家、考古学者であり、文学者であるパロは実際のながい調査の上、彼が調べたことを抽象的にではなく、聖書にほれた一人としてここに書いてくれているのである。そのためにこの本は我々には余りにも専門的であるという感じを一つも持たせずに、基督やその周りの人たちが生きた二十世紀前の大地のにおいをそのまま感じさせてくれる。その歴史を身ぢかに教えてくれる。聖書を読んでやろうという人たちには必ず座右においてもらいたい本である。

人間性をなくした現代――マックス・ピカート『沈黙の世界』

マックス・ピカートの邦訳はこれで三冊目だと思う。いずれも同じ訳者のお仕事で、私はそのうち『神よりの逃走』と本書しか読んでないが、この二冊に関する限り、すぐ読み終れるような本ではない。特にこの『沈黙の世界』は訳者もいうように、ピカートがいかにも長い歳月をかけて、その思索をノートに少しずつ書いてきたという感じが、行間ににじみ出ていて、読むわれわれも繰りかえし、繰りかえし味わいたい書物である。ピカートは本書の中で「今日では人間はもはや積極的に思想に近づこうとしない。逆にさまざまな思想や事物のほうが彼へと吸寄せられてくる」と警告を発しているが、この警告に従うなら、本書の思想を手軽に口に出すことこそ、ピカートの趣旨に添わぬものになるだろう。

しかしピカートの本は率直にいって、われわれ日本人には困難な点がある。いかにもドイツ人らしい世界観と同時に、キリスト教という背骨をその背後に感じさせてしまうからだ。『神よりの逃走』は特にその感がふかかった。キリスト教的伝統のないわれわれには、ある距離感をおぼえるのはむりもないと思う。しかし、この『沈黙の世界』は前書よりは比較的、日本人のわれわれにも理解できる。沈黙や事物について語られている章は、リルケの『ロダン論』や書簡のある一節を私にしばしば連想させた。

キリスト教的伝統

ピカートは、現代のあらゆる領域にかつて存在の根源的な条件であった沈黙が失われつつあることを語っている。

たとえば都会。「都会の人間たちの言葉は、もはや彼等自身のものとして彼らに属してはいないように思われる。彼らの言葉は都会を覆っている喧噪の一部にすぎないのであって、あたかも、それらの言葉は人間の口によって形成されたのではなく、都会という機械装置から発せられた軋音《きしり》に過ぎないかのようだ」（一四八ページ）

たとえば政治。「今日アメリカとロシアとの間には対立関係が存在している。しかし、アメリカ人やロシア人はこの対立を誇張しすぎている。そして彼等がこの対立を誇張するのも現代人の目がただ極端に明瞭なもの、激烈なものに馴れているからに他ならない。ただ誇張されたものしか知覚されないから、誇張がなされねばならないのである」（七九ページ）

都会や政治だけではない。人間の思想も、さきほど私の引用したピカートの言に従えば「人間が積極的に近づく」のではなく「逆に思想が人間へ吸寄せられる」形となっている。

あらゆる領域にわたって、このように現代には氾濫と動きだけがあり、静寂と沈黙は失われているとピカートは警告する。ピカートはここで沈黙が決して消極的な意味をもつものではなく、人間や事物や言葉の根源的な本質の一つであることを、さまざまな角度から思索している。ピカートは特に言語と沈黙との関係に一番力を注いでいるがそれは同じ人間の表現方法でありながら、言語はメーヌ・ド・ビランやコンディヤックが間違って考えたように、身ぶりとは全く性格を異にして、一つの存在、一つの全一体を表現するという確信があるからだろう。言語は存在論からここでは説かれているのだ。ピカートの美しい比喩に従えば「言葉は打ちこまれた杭のようであった。おのおのの杭はまるで独立して立っている。このように言葉の建築術は垂直的」（六〇ページ）なのである。

沈黙の価値

美しい比喩といえば、本書のなかには、ピカートはさまざまの華麗な比喩を使って静寂を説明していて、それは読む者をうっとりとさせる。たとえば「蛇はこの瞬間の現前性すら持っていない。蛇の姿はたえず穴をくぐって漏れ去るようだ。しかし鳥の飛翔の軌跡はあたかも繰りかえしその出発点に帰る一つの弧線のようだ」（一一四ページ）などの比喩は実にすばらしい。

しかし私自身は、本書のすべてに満足したかといえば必ずしもそうではない。ピカートは沈黙の価値をさまざまの事物に与えているために、私にはそこに彼の考え洩れをしている部分をやはり感じてしまうのである。たとえばさきほどの言語は、存在に結びつくという考えはもちろん正しいが、言語が存在そのものを把握できぬゆえに生ずる悲劇的な沈黙については、ピカートはあまり語らない。

あるいは二六九ページ以後の「沈黙と信仰」という章には、神の沈黙という言葉が幾度か出てくる。「神においては言葉は沈黙と一体なのである……。人間や自然が語るのは神がまだ黙して語らぬからに他ならぬ」とピカートはいう。しかし、このような余りに高踏的な表現では、現代の悲劇と信仰の問題はわれわれには納得いかぬ。

多くの悪、多くの無意味な不正義や悲惨のある時、神がなぜ沈黙をつづけているのかという現代西欧文学の課題は、このような表現だけでは解決できぬ。神の沈黙の意味はもっと悲劇的な面から掘りさげられなければならぬが、ピカートはそこを考えていない。その点が私には、彼がドイツ人的だと思うのだ。フランス人なら別の観点から考えたであろう。

壮厳な光がさしこむ——フランソワ・モーリヤック『仔羊』

フランスの基督教作家としてわが国にもよく知られているモーリヤックは数年前ノーベル賞をうけた時、「私は今、聖人を主人公にして小説を書いている」ともらしていた。

この言葉は宗教の伝統も影響もあまりないわれわれ日本人にはピンとこないし、モーリヤックのような宗教作家なら自分の小説に清らかな聖人を登場させたいと思うのはアタリまえじゃないか、と考えてしまうが、事はそれほど簡単ではない。

なぜなら聖人——つまり信仰によって既に救われてしまった清らかな心の人はわれわれ凡人が苦しむ人間的な煩悩や悲劇からもはや遠ざかってしまっている。そうした聖人を人間の心の闘いや劇を描く小説の主人公にするのは技術的にも大変ムツかしいのだ。モーリヤック自身も今日まで煩悩や肉欲に汚れ、苦しむ人間ばかり描いてきたのだが、聖人だけには手をこまぬいていたのである。

そういう意味でこの『仔羊』はモーリヤックの新局面を開いた作品のように思われる。

だがこの小説に登場する聖人はいかにもモーリヤック的な聖人である。煩悩や人間的な苦しみからもはや遠ざかった聖人ではなく、われわれ以上に人間的な悩みに苦しむ男をモーリヤックはあえて「聖人」とよんだのである。

主人公グザビエルは生れながらに他人の苦しみを引きうけようとする本能をもった青年だ。彼はある日、列車の窓から夫に捨てられかけた一人の女の姿をみる。その女の顔は男に捨てられた絶望でゆがんでいた。

彼女を慰めたい、力になってやりたいという本能からグザビエルは女の夫ミルベルに近づきになる。彼につれられて二人の家に行く。その家でグザビエルは彼らよりも更に不幸な子供やその家庭教師をみた。そうした「迷える仔羊」を救うためグザビエルは懸命になる。だが体も弱く力もないこの青年は皆の嘲笑や憎しみを逆に受けるだけだった。のみならず彼は一生、身をささげようとした司祭の道も捨ててしまい、自分の家族からも見捨てられ、最後にはミルベルの操縦する自動車にハネられて死んでしまうわけだ。

この一見、平凡な――平凡以上にミジメで詰らない人生を送った青年の生涯をモーリヤックはきわめてふしぎな手法で描いている。最後の頁がとじられた時、われわれはなぜかしらないがこの失敗ばかりしていた青年の生にどこからか壮厳な光がさしこむのをたしかに感じるのである。

この光が何であるのか、基督教になじまないわれわれには名づけることもできない。だが異邦の国にいるわれわれ日本人読者にもグザビエルの惨めな生の上にさしこんだこの壮厳な光を感じさせただけでも、この小説は成功したといってよい。感銘のふかい作品である。

Ⅳ

映画的映画に関する序説

これは映画には素人のぼくがルイ・マルの映画「恋人たち」をみながら感じたことの覚書きである。ごくあたり前のことと思うが、このあたり前のことにぼくはあの映画をみながら感動したのである。その道の玄人がお読みになると可笑しいと思われるだろうが、まあ、一素人観客の感想として読んで頂きたい。

ルイ・マルの「恋人たち」の面白さは我々素人観客から言わせると「映画」を撮った面白さである。「文学」を撮ったのでもない。「演劇」を撮ったのでもない。「恋人たち」は映画自身の持つ本質が材料だったのであり、それ以外には何ものでもない。それがぼくには大変面白かった。

率直に言わせて頂くと、ぼくは映画というものは黒白のサイレント・フィルムがトーキーになって以来段々、堕落していっているという考えをもっている。堕落していると言うと語弊があるからこう言いかえても良いだろう。つまりトーキーや天然色フィルムによって映画は映画の本質を少しずつ失い始めたと思うのである。少くともぼくは黒白のサイレント・フィルムの中に映画を感じる。これはトーキーだがチャップリンの「街の灯」がぼくに見あきさせないのはあれはまだ映画の本質であるイメージを主題としているからだ。

ぼくの考えによると、トーキー以来、映画は映画の本質を捨て、映画以外の要素に頼りすぎるようになった。これは近代劇が劇以外の要素に頼って観客を引きつけようとする堕落とよく似ている。

演劇の場合、本質になるものは俳優であり、俳優の演技以外、何ものもない。背景とか、音楽とかによって観客を感動させるのはそれ自身では演劇にたいする邪道である。吉田健一氏の「シェイクスピア」によると、十八世紀のイギリスでシェイクスピアを上演した頃は、俳優の演技以外、なにものもたよる要素はなかったのである。俳優は舞台で「オセロ」や「ハムレット」を演じてみせたが、まず彼は衣裳らしい衣裳をつけてみせなかった。ほとんど観客たちと同じ衣服で舞台にたったのである。

背景も装置もなかった。今日のシェイクスピア劇のように宮殿や城門の装置を背景としてみせるということはなかった。背景はただ舞台の空間だけにすぎなかったのである。まして観客の心理を受身にする音楽なども使わなかった。

なにがあったのか。演技だけである。俳優は普通の服装をして、無装飾の舞台にたち、ただ、セリフと演技によってハムレットになり、オセロになり、そして観客を劇の世界に惹きずりこんだわけだ。これは純粋演劇なのである。そして今日、日本の新劇の多くが近代劇を上演する際（いや古典劇でさえも）舞台装置や音楽や、ライトによって演技以外の効果を観客に与えそれを当然として少しも疑わぬことをふしぎに思う。

この堕落は映画の場合にもあてはまる。映画の本質は文学でもない。劇でもない。イメージだけであり、イメージ以外のなにものでもない。しかし今日、映画の製作者の多くはそのことを心得ながらしかし映画の効果をイメージ以外のものに頼りすぎているのである。そして映画の批評家もまた映画そのものではなく「この人物はよく描けている」（文学的批評）、「社会的な関心を訴える」（ＰＴＡ的批評）、「俳優、某の演技が素晴らしい」（演劇的批評）などのいずれかに関心をもち、映画そのものの批評をなかなかしてくれない。

その理由は二つある。まず第一にトーキーと天然色映画の出現である。トーキーの出現によって映画は画中の人間の心理を物のイメージによって表現するという方法を捨て、安易に会話によって観客に伝えるというイージイな道を与えられた。映画は小説のように作者が作中人物の心理を説明するという方法をとれない以上、外面のイメージだけによって主人公の心を我々に伝える芸術性をもっていたのである（俗っぽいイメージだが嫉妬をあらわすのに手のクローズ・アップ、その手が引き裂くハンカチがそれである）。しかしトーキー映画はこうしたイメージよりも会話にたよるという方法がとれるようになった。必然的にイメージがサイレント映画より閑却されたのである。

天然色映画の出現は映画の本質であるイメージを構成する二つの要素——光と影とを全く破壊してしまった。色の美しさが光と影に変ってしまったのである。

第二の理由は監督と俳優が文学ヅイたことと演劇ヅイたことである。監督は演劇の演技指導を映画俳優に教えているように思われる。つまり「いかに役をこなすか」「いかにこの人物を表現するか」に重点がかけられているのであり、「イメージにいかに調和するか」の演技は比較的、閑却されているのではないか。それはたとえば渡辺美佐子が助演賞をもらう時彼女が「かくかくの女を立派に演技した」からもらったのであり「画面のイメージの見ごとな要素」であったからもらったのではないことでも明らかである。

映画と演劇のチガイなどというイロハのイを書くのは、書く側でも恥かしいが去年の暮に死んだアンドレ・バザンが一言で説明している。

「演劇の舞台と観客との間には空間がある。観客は努力なしにはこの空間を埋めることはできぬ。演劇はしたがって舞台と観客席の相互の努力によって成りたつ。しかし映画は演劇とちがい、スクリーンと観客には空間はない。観客はながれるイメージに陶酔すれば事たりる。彼は受身的なのだ」

これをもっと具体的にいえばこうなる。我々が芥川のハムレットをみにいく時、我々がみるのは芥川の演技である。ハムレットを演じる芥川の演技である。だが映画の場合、我々は演技をみにいくのではない。渡辺美佐子が花子というヒロインをスクリーンで演じている時、映画観客の心理は渡辺と花子とを区別してはいない。渡辺と花子は同じものであると思い、あるいはそこに花子しかいないと思っている。

にも拘らず映画俳優たちはこの演劇と映画との区別を殆ど考えない。彼等は「この人物をいかに表現するか」という演劇的演技をやろうとする。つまり演劇ヅイているのである。だが重要なことは映画においてはイメージが第一であり、俳優もまたそのイメージの一部分にしかすぎぬということだ。俳優の演技もイメージとの関係において成立するのであり、それ以外の何ものでもない。俳優も自然も音響もイメージとの関係によって成立つのであり、それ以外の何ものでもない。俳優はイメージの一部分にすぎないのだ。このことは「一九二〇年から五〇年の映画芸術史のためのノート」の中でルネ・クレールははっきり言っている。

こんな玄人の一人が言っている以上、日本の映画製作者も我々素人とちがってちゃんとわかっていると思うのだが、そういう映画の本質はやはりトーキーや天然色の中で次第に見失われていくのは残念だった。

だが仏蘭西の二監督の作品が次第に「失われた映画」のイメージ性をふたたびとり戻そうとしているように素人のぼくには思われる。一人は「田舎司祭の日記」と「抵抗」とを作ったブレッソンであり、もう一人はこのルイ・マルだ。

ルイ・マルが「どんな作品でも手がける」と言ったのはけだし至言である。この極端な言葉の裏には「映画はイメージだけでありイメージはシナリオに勝る」というわかりきった、しかし現代映画に忘れられたものの恢復があるのだ。「恋人たち」のすじ書をマルはわざと単純にした。すじ書などはどうでもよろしい。すじ書だけいえばこの「恋人たち」は長い間無数の凡庸作家がくりかえした姦通物にすぎぬ。特に目だった心理の面白さも何もない。マルはわざとこうしたシナリオを選んだのである。

彼が天然色を避けたのはそのためである。彼がほしかったのは映画のイメージを作る二つの要素、光と影――それだけであり、その光と影のために彼は夜の場面や白いねまきを特にえらんだのである。

すべてのものはイメージのためにある。ブラームスの音楽も俳優の演技もその声のトーンも決してこのイメージを超えて独立してでしゃばりはしない。イメージとの関係がこれほど計算されたものはない。

ぼくはこの映画についての文学的批評や演劇的批評をたびたびきいた。たとえばあの女優は「すばらしくうまい」という評である。しかしうまいとはどういう意味か。演劇人としてうまいのか。映画のイメージとの関係において彼女が一要素にすぎぬといううまさなのか。ルイ・マルが我々に要求しているのはこの課題と思うのだが、玄人の映画批評家や映画俳優の方と話をしても、この点をあの映画から考えてくれた人にはまだおめにかからない。それともこれは素人のぼくの見かたであって間違っているのだろうか（マルの「恋人たち」をもっと分析したかったが紙数がつきたので残念ながら筆をおく）。

日本のイマージュとフランスのイマージュ

これは映画そのものとは関係のないことだが、原題「わが愛、ヒロシマ」（Hiroshima mon amour）を特に「二十四時間の情事」という日本題に変える必要はなかったと思う。配給会社の意図には我々日本人観客がこの作品に暗い印象をうけないよう原爆とかヒロシマとかには触れず、エロチシズム一本にしぼろうという商業的な配慮があったようだが、これは逆効果の親切心となりそうだ。映画をみる一般観客は映画会社が考える以上に映画の作品には敏感で、ツマらぬ映画はどんな素晴らしい題をつけても集ってこない。ましてこのような立派な意図をもった映画はかりに観客がとびつかなくても大映がパテと合作したという立派な歴史が残るのであるから、その製作意図、監督、ライター、俳優の気持のにじみでた「わが愛、ヒロシマ」で発表した方がずっと日本人にも好感を与えたにちがいない。

さて——この合作映画は日本よりさきに上映した本国フランスでは賛否両論こもごもで

賛成する人はひどく激賞し、否定する人はまた、ひどく否定しようとしたと聞いている。つまり中間的な批評があまりなかったらしい。この点は我々にもよくわかるような気がするし、日本でも同じような賛否両論こもごもの意見をうけることも今からたやすく想像することができる。率直にいえばこれはある意味で所謂日本の進歩的文化人を当惑させる映画で、映画の意図がよろしいからほめねばならぬという義理だてを彼等に強いる部分がないでもない。

だが芸術作品というものは意図がよければ立派である——そんな馬鹿げた話はないのであって、ましてイマージュ以外にはいかなるものをも考えてはならぬ映画が意図のよさだけで救われるならば映画というものは一種のパンフレット的意味しかないだろう。いかにヒロシマの悲惨や戦争の人間にたいする悲惨やそこから生れる人間同士の愛を描こうとしても、その意図がどれだけ映画のイマージュ構成に寸分すきもなく融合しているかによってこの映画の最終的な価値は問われる筈である。

その点、率直に言えばこの映画にはまだまだ手を入れてよかったと残念に思わざるをえない部分があった。たとえば次のような点は誰でも気づいたことだろう。

①前半より後半が手がぬいてある。前半というのはヌヴェールの町でエマニュエル・リバの演ずる女が独兵を愛したため解放後、町の人々から処罰をうける部分（これは非常に

迫力がある）だが、それ以後、岡田英次とリバとがヒロシマの珈琲店で会話する場面以後は前半の力の入れかたに比べて見劣りがする。場面は冗長でありイマージュも凡庸である。悪く言えばレネ監督はこの後半で映画よりも製作意図に甘えすぎているのである。

②思うにこれはフランス側製作者のいだいたヒロシマのイメージと現実の戦後の広島の風景の大きなずれのためだと思われる。

レネ監督は前半部においてこの映画にふさわしいヒロシマを使い果し――後半においてヌヴェールの町と広島との同型なイメージを交互にだす場面（ここで彼は戦争と戦後を通しての人間の共同的苦悩を出したかったのであろうが）では、もう材料がなくなってしまったらしい。ヌヴェールの冬の沈痛な光景は詩的なうつくしささえ伴いながら描かれているのにたいし、一方の広島はもはや苦悩も何もない散文的な町としてしか、うつらないのである。とも角、画面をみている我々はレネ監督の「困った、困った」という気持がきこえるようだったが、同時にかような散文的な風景を前にして日本の作家は小説を書かねばならぬのですよという感激も湧いたのだった。

このように今、あげた欠点などはどんな観客でもすぐ気づくことだが、しかしそういう欠点をこえてぼくはやはりこの映画を賞めたいと思う。たとえばそれは次のような点である。

①最初の部分で二つの裸体がさまざま変貌を伴いながらロダンの作品のようなうつくしさで映しだされる部分。このイマージュと岡田、エマニュエル・リバが朗読風に呟く台詞のうつくしさは我々に宗教劇の対話を連想させたのである。そう——この部分は観る我々にたんなる二人の男女ではなく、二人の人間の苦悩を通しての宗教劇のもつ悲壮さと荘重さをみごとに創りだしている。デュラの書いた台詞は「私は広島を見た」「いや、あなたは広島を見なかった」という二つの言葉の反ぷくには宗教劇のもつ美を台詞にもたらしたし、それを朗読風にのべるリバの発声法も非常によかった。あの宗教詩的な台詞が日本語のスーパーでどれだけ生かされるかは不安だが。

②続く画面はこの宗教劇的イマージュを原爆の記録とヌヴェールの話に転開する場面だが（広島の部分は記録の個所をのぞくと圧縮が足りない。もう少し撮りなおすべきだった）ヌヴェールのすべての画面は、最初の出だしの転調に調和するし散文的な展開としても成功している。我々はたしかにここで受難のイメージを感じるからである。だがもし欲をいえばあの個所は全くのサイレントだけの方が効果があったろうと思う（ただこれにくらべて戦後の広島の撮りかたをあれほど、非詩的にうつしたのが先ほども言ったようにこの作品の欠点の一つになる）。

列記すれば限りないからこの点でやめておくがこの良い部分と悪い部分とが極端に混合

した映画は——従来のチャランポランな合作映画にくらべると、はじめて真剣にとりくまれた作品だとは断言できる。レネ監督を始めデュラ女史もヒロシマを見る前にこの映画を企てたため戦後の広島のもつ非詩的な風景にぶつかって後半いささか疲労の気味はあるが、この合作映画は今後のよい試金石と踏台になっているのである。つまりこの映画がもっている弱点も決して不毛にはならないだろうし、我々日本人観客は今後の合作映画をよりよくするためにも、ヒロシマの悲劇を欧州に知らせるためにも声援は送るべきであろう。

最後に岡田英次氏がフランス語の台詞をあれだけ懸命にこなし、この映画と四つにとりくんだ努力は大変だったと思う。日本人の俳優が当然出ねばならぬこの映画に氏が払った努力は氏のためにも将来の合作映画のためにも大きな意味があったにちがいない。

野郎どもと女たち

この間、日本にふらりとやって来たマンキウィッツがこういう事を考えた。「ひとつ、今、流行のシネマスコープの大画面をそのまま舞台とみたてて、アカぬけしたブロードウェイの音楽喜劇をそのまま映画にしたらどうだろう」

そこで先生は奇抜な方法を考えだした。主演をひとつマーロン・ブランドとジーン・シモンズにしてやろう。しかも、この二人に唄を歌わせるとしたら、誰だってアッと言うだろう。これにシナトラを一枚、加える。更に素晴らしい踊りと歌をゴールドウィン・ガールズ、（サミュエル・ゴールドウィンが作った踊り子のグループ）にやらせる。どうです、こいつは。

お話は舞台でも好評だったデイモン・ラニョンの「野郎どもと女たち」を使った。音楽喜劇ですから物語は単純で結構、結構。

スカイという賭《かけ》しか能のない男が、これも、少しウスのろのお人好で博打屋のネイザンと可笑しな賭をした。

「みろや、窓の外に救世軍の女兵士がアーメンを説教してるじゃねえか。おめえ、あの女を惚れさせてキューバに旅行できるか。できたら千フランやるぜ」

意地ずくでO・Kと言ったスカイはその脚で救世軍に乗りこむのだが、これからドタ・バタ、アメリカ流の莫迦《ばか》げた恋物語がありましてな、結局、スカイは救世軍のため、彼女のために十二人の賭博師を改心させる大博打をやる——というまことにオモッ白いお話。

当日、試写室は超満員の上、ベラ棒な暑さ。ぼくは頭が痛く、とてもこの芸術味豊かな映画を鑑賞する余裕なく、そこで試写後、映画女優のC嬢と映画評論家R氏に色々、お話を伺うことにしました。

R氏（深刻なる表情にて）「実際、素晴らしい音楽映画ですな。マンキウィッツならでは作れませんよ。最初の画面でタイトルと一緒に静止していた群集が突然、リズミカルに踊りだす、あの良さ。素晴らしさ。どうです。それからゴールドウィン・ガールズの『猫の踊り』と『ミンクの毛皮』は圧巻ですなあ。

シネマスコープのおかげでさながらニューヨークの音楽劇をそのままに見た思いだ。米国に遊んだ頃を思いだしましたよ」

C嬢（うっとりと）「ね、こんなイキだったマーロン・ブランドってあったかしら。黒いワイシャツに真白なネクタイ。おまけに唄っている彼、シモンズとキューバの夜の酒場で踊る彼、す、て、き、——」

R氏「この映画はね。それに会話が面白いんですよ。ブランドとシナトラなどのとり交すギャグやかけ言葉の妙がね。日本語字幕じゃ、この面白さはチョトわからんだろうな。一般観客にはね」

ぼく（『知性』の読者諸君。君が米国語がペラペラでジャズなんぞの愛好者ならこの映画を見たまえ。女の子を一寸楽しますつもりならば見たまえ。女友達もなく英語もできずギャング映画、チャンバラ映画ファンのぼくのような奴は行くべからず）

雪は汚れていた

シメノンのこの原作は彼の作品の中でも最も傑作の一つだとぼくは思っているのだが、映画の方はひいき目にみても五十点の採点というのが妥当だろう。勿論、原作と映画とはなにも一致しなくてよいし、原作の雰囲気や骨子を映画が生かしていないなどと野暮なことをいうのではない。しかし結論から先に述べるとこの監督（ルイス・サスラフスキイ）は主人公となる青年をシッカリ理解せず、ハッキリと摑んでいないようなのである。

話のすじを言うと次のようなものだ。

フランク・フリードマイヤーは子供の頃、時計屋をしている里親に養育された。淫売婦をしている彼の母親は時々、男をつれて息子をたずねる以外は、里親にひそかに金を送っていたのである。

ある白い雪のふる日、母親恋しさにフランクは彼女の家をたずねる。ドアをあけて出てきた母親は寝巻をしどけなくまとい、部屋の中には見知らぬ男がねていた。フランクは大声をあげて雪の中を走り帰った。なだめる里親に彼は「雪は汚れていた」と泣きじゃくるだけだった。

雪は汚れていた。彼はもはや人生の純潔、人間の美しさを信じまいとした。少くとも子供の時、それを奪った世間と人生とに冷酷に復讐することを考えたのである。やがて青年となった彼は時には何の目的も理由もなくナチの兵士を殺した。時には闇屋の一味となり、むかし恩をうけた里親の家へ強盗にはいった。はいったのみならず、その里親を冷然として殺したのである。

だが、そんな彼を愛している少女が近所にいた。スジイとよぶ運転手の娘である。そのスジイにたいしても彼はともすれば弱くなる自分の本心に抗《さから》って、最も卑劣な最も賤しい裏切の行為をやってみせたのである。

やがて牢に捕えられたフランクは処刑される前の日、たずねてきたスジイの顔をみて初めて人間への愛をとり戻す。彼は銃殺されたが、雪は汚れなかったのである。

この現代版「罪と罰」+《プラス》「悪霊」の主人公を少くともダニエル・ジェランに演じさせたのは失敗である。監督も監督だがこの映画ではジェランはどうもチンピラのやくざが程々であって、私が今、述べた筋書のような苦悩と加虐とにもだえる男、冷酷であろうとする男にはどうも感ぜられない。特に牢獄で窓から幸福な外界をみて泪ぐむ場面は滑稽である。筋書が面白いものであるだけにジェランが気張れば気張るほどその間の距離が浮いてしまう。ただし処女スジイを演じたマリイ・マンサールは時々、ハッとするような美しさがあった。

ロマンス・ライン

原題は「鉄のペチコート」という一寸、しゃれたものだが、この原題の文字通り、ソ連の文明を皮肉ったかるい喜劇である。

ある日、ベルリンのアメリカ飛行場に、いかめしい軍服姿に身を包んだソ連女子空軍大尉がミグ戦闘機を駆って着陸してきた。驚いた米軍当局が調べてみると、彼女、別に自国の政策に反抗してきたわけではない。ただ昇進問題で男女の差別待遇があったので大いに御機嫌を損じて越境してきたのだから勿論、頭は共産主義でコチコチである。

このソ連の女子士官にキャサリン・ヘップバーンが扮する。彼女の例のソバカスだらけな、狐のようにギスギスした顔は共産主義でこりかたまったソ連女子士官に似あわしく、我々の笑いを誘うが、軍服姿の彼女は「旅情」とはちがった色気があって結構いただけた。

さて米軍当局ではこの脱出事件を早速、政治宣伝の好材料にしようと考える。それには彼女を米国民主主義の信奉者に改心させねばならん。この洗脳？　の仕事を命ぜられたのが、ボブ・ホープ演ずるチャック大尉である。ヘップバーンのギスギスした固い顔にくらべ、ホープの何処となく米国人的な間の抜けたお人好面はまことに対蹠的《たいしょてき》で、これは面白い喜劇になるかなとぼくは思った。事実、ホープの扮するチャック大尉は大金持と偽って、英国の貧乏貴族を誘惑するような典型的米国人の劣等感を出しているので、このすべり出しは中々面白かったわけだ。

だがあとがイケない。こうした風刺劇はたんにソ連をヤジるだけではなく、アメリカの方にも充分、軽妙な皮肉をとばせば、我々日本人観客は大いに笑えるわけだが、この映画では、この後者の方がほとんどワサビがきいていない。ヘップバーンのソ連女子士官がチャック米国大尉にホレ始め、いかめしい軍服をぬいで、女心に目覚め、桃色のペチコートに心ひかれるくだりは常套的なすじ書きだけに、ソ連にたいしてだけ一方的では、風刺喜劇というより、宣伝喜劇のような味がして一寸、疲れてくる。ぼくの行った封切館でも、観客はまばらだったし、上映中、あまり笑い声がきこえなかったのは、そのためだろう。まあ、普通の米国人がソ連文明をどのようにカラかっているかがわかったのが、この映画のとりえかも知れない。

おとなしいアメリカ人

この映画は言うまでもなくグレアム・グリーンの原作 The Quiet American をマンキーウィッツが脚色、監督したものだが、この Quiet American を「おとなしいアメリカ人」（小説の邦訳題はそうなっている）とせずに「静かなアメリカ人」と訳した日本版の感覚？ にぼくは大変愉快なものを感じる。その理由はあとで述べるがマンキーウィッツの映画とグリーンの原作との違いは、まさにこの Quiet の解釈の違いにあるように思われるからだ。

もっとも原作それ自体はグリーンの諸作品のなかでそれほど立派な小説ではない。この小説は発表された当時、随分、アメリカでも欧州でも評判になったのだが、それは小説自身がすぐれた傑作であるためではなく時流に投じた問題性のためであるようにぼくには思われる。グリーンの作品のなかでも「権力と栄光」や「事件の核心」から比べると、質も落ちるし小説としても特にこの両者に肩を並べられるものではない。まずアメリカ人パイルと「私」という主人公の英国新聞記者の対比がまことに図式的であるし、特にこの二人から愛される仏印の女性、フウオングがよく描かれていない。まるで操り人形のようにしか作者に動かされていないのである。原因は色々あるだろうが、結局、グレアム・グリーンがヨーロッパ人の観念でしか東洋人フウオングを眺めていなかったためであって、この点だけは彼の視力の貧しさを問われてもいいのである。

だがそういう欠点をぬきにして考えればこの小説はやはり、我々グリーン・ファンに少からぬ興味を与えるものを色々と持っている。そこでぼく等はマンキーウィッツの映画を見る前に幾つかこの原作の分析を簡単にやっておこう。

この小説はぼくの考えではグリーンの前作「事件の核心」や「恐怖省」などと同系列にはいるものである。「事件の核心」や「恐怖省」の主題は一言で言えば憐憫の感情がもたらす暗い罪と深淵とである。「恐怖省」の主人公は少年の頃から悲惨なもの、痛ましいものを、直視することのできないほど憐憫本能の強い人間であったのが、彼はそのために大人になってから思いがけない罪を犯してしまう。彼は病床にある妻の苦しさを見るにみかねて彼女を安楽死させてしまうのである。それは彼女にたいする憐憫でもあったが、同時にそういう人間の悲惨に耐えられぬ彼の弱さから生れた行為だった。

「事件の核心」ではこの主題は自分の妻と恋人との間にはさまって、どちらも捨てることのできぬ男の人生に発展していく。主人公、スコウビイはアフリカ植民地の保安官だが彼はもはや妻を愛していないし、妻からも愛されていない。その妻と離婚することのできぬのは、彼女に対する「憐憫」の情から成るのである。といって一方、自分の恋人から離れてまで妻だけと人生を送る決心もできない。恋人にたいする「憐憫の情」が彼を苦しめるからである。袋小路に追いこまれたこの男は遂に自分の命を断つより他に、苦しみから脱れる路を発見できなかった。

グリーンは言うまでもなくカトリック作家だがそのカトリック的観点から言うと、憐憫とはそれ自身では決して愛のような徳行《ヴエルチユ》ではないのである。なぜなら憐憫とは、まともな人間心情を持っている人間である以上、悲惨なものや痛ましいものを見て誰でも起すことのできる本能感情だからだ。憐憫を起すためには、たとえば愛のように持続的な努力や知性や行為を必要としない。情熱と同じようにこの感情は本能的にこみあげてくる人間感情だからである。したがってそれは時として美しいものではあるが決して徳ではないとカトリックの神学者は考えている（たとえばミューラ師の「グリーン論」など）。グリーンはこの観点を更に進めて憐憫が我々にもたらす深淵をのぞかせようとしたのである。

さて「おとなしいアメリカ人」はこの憐憫というグリーンの従来の主題を博愛、あるいは善意におきかえたものだ。ぼくがこの作品をグリーンの諸作品のなかでも「事件の核心」の系列におくのはそのためなのである。

人間の憐憫が自分は勿論、他人をも不幸にし悲惨にする場合があるように、人間の博愛主義、善意第一主義は思いもかけぬ苦悩を周囲にまきちらしていく。こんなことは生きている以上、だれにでもわかる人生の哀みであるが、この「おとなしいアメリカ人」の主人公、パイルにはさっぱりわかっていない。彼がヨーク・ハーデングの「赤い中国の前進」に感激して他の国である仏印を救いにきたのもまた土地の女、フウオングに結婚を申しこみ、彼女に幸福を与えようとしたのも極言すればこの理想主義とプロテスタント的な博愛精神から生れた自信によるものだったと言ってもよい。と同時にシニックな中年男に堕してしまった英国の報道員ファウラーがたえず、いらだつのはこのパイルの自信と感情とのためである。

一方英国の報道記者ファウラーは欧州人である。彼は米国人のように信ずべき未来をもっていない人間たちの中に育ったから、パイルの博愛主義、善意第一主義やその自信がひそかに生む暗い悪を予感している。その深淵をほのかに見ぬいているのだ。だが彼はそれに代るべき、他の信念をもってはいない。ここにファウラーの空虚感がある。彼は決して行動をしないし土地の女、フウオングをだいて寝る以外は望まないし阿片を吸って寝床に横たわることだけしかしない。彼は社会にたいして参加《アンガジエ》しない。動《デガジエ》けないからである。

しかし、彼もやはり一つのことはやっている。それは「見ること」である。ただ凝視し、見ただけを正確に書くことである。ファウラーが報道員《リポーター》という仕事をえらんだのもそのためなのだ。だからこそ、彼は見る以上の行為、つまり他人や他国民を理解してその運命に手を出そうとする空しさを感じているのだ。「人間というものは他人を理解しようとすることをやめてしまったほうがいいのではないか」と彼は悲しげに考える。「おそらく、だからこそ人間は神を発明した――理解する能力のある存在を。おそらく、もしおれが理解されたがったり、理解したがったりしたら、きっとおれは進んで信仰に迷いこんだろう。けれどもおれは報道記者《リポーター》だ。神はもっぱら、リポーターのためにのみ存在するのだ」

他人を、他民族を、他の国の運命を理解しそれを救えると思う傲慢さ、傲慢といって悪ければ無邪気さを人間はもつべきではない。それができるのは神だけだとファウラーは考えるのだ。だが米国人パイルはこの神の代りをやろうとしているのである。

これがこの小説の出発点である。グリーンはここから少しずつ善人パイルが一人の魔――善魔に変っていく姿を描くのだが、これは大した問題ではあるまい。ともかく、これは小説の中では彼がプラスチックを輸入し、ダイラクトン火薬を中立派のテエ将軍に与え、西貢《サイゴン》の町の広場で爆破させることにしぼられていく。広場の歩道にころがる子供や女たちの死体をみて、ファウラーはパイルの無神経な善意を呪いはじめる。しかもこの米国の青年は、自分が引き起した予想外の悲劇よりも、まだ自分の理想を信じているのだ。

ファウラーは積極的ではないが、しかし意識的にこの善魔を地上から消すことに協力する。「おとなしいアメリカ人」で興味ある部分はぼくが先ほど言ったようにパイルが善魔と化していく前半の部分ではなくて、実はこの後半の部分にあるのだ。動かなかったファウラーが動きだす部分なのだ。しかも彼はこの時、知らずにパイルと同じような「善意」に動かされているのに注意されたい。広場の歩道に倒れたあまたの死体がファウラーの心を動かしパイルと同じ善意者に変えたのである。パイルがヴェトナムの民衆を救おうとした気持と質は同じ善意に燃えて、彼はパイルをひそかに殺したのである。つまり彼は神になったのだ。

だがこの犯行が行われた時、ファウラーは自分の行為に気がつく。彼はパイルと同じ共犯者であったことを知るのである。彼はこれからパイルによって再び、ひき起されるかもしれぬあまたの死を防ぐため、この善魔を殺した。だが殺人は五十人を殺そうが一人を殺そうが同じことなのだ。「苦悩は数によって増大するものではない。一人の肉体は全世界の感じうる苦悩をすべて持っている」ファウラーはしみじみと呟くのだ。

「おれはジャーナリストらしく量でものを判断し、おれ自身の主義を裏切った」

さて、マンキーウィッツの映画に戻ろう。マンキーウィッツはぼくが今、簡単に分析した原作の前半をはじめはすじがきだけは比較的、忠実に追っていく（ただオーディ・マーフィの演ずるパイルは田舎臭くて考えものだ）。だが後半を突然、全く変えてしまったため、忠実だった前半がくるりと逆転してしまうのである。

まずパイルは本当は爆破事件に関係がなかったように描かれる。ファウラーはなぜパイルを消そうとしたか。映画では彼の善意の背後にひそかな個人的嫉妬を与えてしまった。ファウラーはパイルと奪いあった女性フウオングから捨てられる怖しさと嫉妬からこの米国青年を消すことに協力していたのだ。この感情を巧みに利用して暗殺に協力させたのは実は共産主義者だったということをファウラーは知らされる。

のみならず、我々にとって最も愉快なのはファウラーがパイルの死後、あわててフウオングに結婚を申し込むのだが、彼女から冷たく拒絶される場面である。「あのアメリカ人は私に愛情と理解というものを教えてくれた」と女は言う。「もう貴方と生活することは出来ない」

ぼくは映画の方がツマらないというのではない。映画は映画で結構、みられるしグリーンの作品に接したマンキーウィッツの心情、まことによくわかるのである。ただ、この心情のためにグリーンの原作「おとなしいアメリカ人」、つまり現代の善魔は、この映画で

「しずかな、アメリカ人」に変ったことは確かだ。日本版の翻訳者がこの映画の題を後者にしたのに、ぼくは大変、妙味を感じるのである。

V

ころび切支丹《キリシタン》

1

ぼくは小説家で大説家じゃないので、小さな説しか言えないということをはじめにお断わりしておきたいと思います。いや、小さな説もありません（笑）。なにをしゃべろうかといろいろ考えたんですが、なんのまとまりもないので、ここへノートを持ってきました。このノートに書いてあることをお話ししようと思います。みなさんご存じのように、プロテスタントは明治のころはいったわけですが、わたしたちカトリックのほうは、ちょっと年代が古うございまして（笑）、つまり切支丹時代といいますか、織田信長のあたりにはいっております。

プロテスタントとかカトリックとか、わたしはそんなことはどうでもいいんです。とにかく明治の初期に日本が西洋といろんな形でぶつかったわけで、そのときプロテスタントが、どういうふうに日本の知識人に影響を与えたかというようなことは、よく本に書かれておりますが、その前に、日本が西洋にぶつかった時代があって、それが切支丹時代になるわけです。

わたしは別に切支丹時代のことをよく知っているわけでもなし、専門的に勉強したわけではないですが、ともかくその時代にわたしの興味があるわけです。キリスト教の信者の数が日本で四十万人できた。当時の人口比率からいって四十万人のキリスト教信者ができたということはいったいどういう理由があるのか、そういうことも、わたしには興味がありました。

それから、それが幕末に幕府の禁教政策で途絶えてしまった、四十万人が突如としてかき消えてしまったと思われておった。ところがみなさんご存じのように、明治の初期に長崎の大浦にプチジャン師というカトリックの神父が来られまして、このかたがいろいろ苦心をするわけです。馬に乗ってわざと落っこちてみたり、子供にお菓子をやってみたりして、ひょっとしたらむかしの切支丹が残っていたんじゃないかといって、いろいろ探し回る。けれどもどこにも見当たらない。途方にくれていたときに、大浦天主堂がやっとできあがって、長崎の近郷近在のお百姓なんかが見物に来た。ある日のこと、一団の連中がはいってきまして、ひとりの女が何気なく見物しているようなふりをして、わたしはあなたと同じ心をもっているものですということをそっとささやく。いっしょに来ておられる連中も同じ気持ちですということを打ち明けた。

これがいわゆる有名な「信徒発見」という。日本の切支丹の子孫たちの発見で、ことしがちょうどその百年めに当たるわけです。そういうわれわれが「かくれ切支丹」といっている連中が、まったく宣教師もない中で、どういうふうにしてキリスト教を守り続けてきたかというと、キリスト教と日本神道と混合してしまったような形に変形されてしまったものです。とにかく一応キリスト教の形態をとどめておったということが言えると思います。

ですから、われわれにとってキリスト教の伝統というのがまったくないかと言うと、必ずしもそうは言えないので、それはもう戦国時代の前から、切支丹の時代のころから、ある伝統があり、それからそこでいろんな人が殉教したりした。そういう殉教したりした人の気持ちというものはどういうものだったか。中には信仰を捨てていった人もある。捨てていった人がキリスト教についての反駁文を書いております。その反駁文を読むと、なぜ日本人とキリスト教とは結びつかなかったかという一つの理由もわかるような気がします。それから、中江藤樹みたいな儒学者たちのうえに、キリスト教というものが影響を与えている。そういうことはいままで見のがしていたけれども、それは一つの事実だ。そういう方面の研究というのがなかなかなされていないのです。われわれのキリスト教的な考え方というのは、明治以後にはいったというふうに錯覚されているけれども、実は意外に、ずっと前にわれわれの中でいろんな格闘を経てきたということも考えてもいいんじゃないか。ところが宣教師たちが送ったイエズス会通信文というのがあります。こういうたくさんの通信文というのは、いまでもローマやポルトガルやスペインの図書館で、まったく整理もついていないというような状態で、その中のほんの一部が切支丹学者によって翻訳されている。けれども、もっともっとわれわれが当時の人がどうして信仰にはいっただろうとか、いろんなことについて知ることができるものが未整理のまま、また未翻訳のままで向こうの図書館に埋もれている。ですから切支丹の研究というのは、これからはじまったばかりじゃないかという気が、わたしにはするんです。

2

そういうことについて、わたしはあまり勉強していませんからよくわかりませんけれども、わたしがいろんな興味を覚えた中でいちばんひかれたものの一つは、キリスト教を捨てた人の生き方です。なぜそういうことに興味をひかれたかというと、いろんなわたしの気持ちの中に理由があるでしょうけれども、一つは、わたしはいまご紹介にあずかったように椎名さんや佐古さんのように、自分の思想的な遍歴ののちにキリスト教にはいったという男じゃなくて、子供のとき教会で、われわれの公教要理というのがありますが、公教要理の子供の会に行くと、お菓子をくれるので、それが子供ですからほしくて行っているうちに、家族も受けたし、わたしも洗礼を受けたというような、つまり自分の思想的な遍歴ののちに受けた信者ではないわけです。正直いって佐古さんや椎名さんが非常にうらやましいわけです。

いっぽう、それじゃキリスト教というのをわたしが捨てられるかといいますと、これがまた捨てられないので、からだのどこかにやはりしみついているのでしょうね。なかなか捨てられないわけです。ですから自分がむかしの切支丹時代をふり返ったとき、毅然としてどんな拷問、屈辱にあってもころばなかった人たちに対して尊敬の気持ちと同時にころんでしまった人のことを、どうもふり捨てることができない。

ところがこの方面に関する文献というのはほとんどない。切支丹学者も、そんなころんだ人間の研究なんかしませんし、それからカトリック教会のほうは、そういうころんでしまったような教会の恥ずかしいものというのは、できるだけ臭いものにはふたをしろでかくしてしまっている。幕府のほうではもちろん切支丹のことは知られたくないから、そういう文献は焼いてしまっております。ですから、そういう人間がどういうふうな形でどういうふうなことをして、どういうふうにして生きていったかということを調べるには、文献がないわけで非常にむずかしい。

しかし、こういう人間のことがあっちの文献、こっちの文献に二行ずつぐらいチラッチラッと出ているので、二行ぐらい出ていることをのりで貼るように貼ってみると、いく分おぼろげながら彼らのこともわかってくる。

たとえばみなさん、きっとお聞きでしょうが、天正使節というのがありました。天正時代にヴァリニアノという宣教師が日本に来ていまして、その人が日本の大名の息子たちをローマに送ろうじゃないかといって送った天正使節。これはあとの研究で、そういう大名の息子たちでなくて、普通の侍の息子だったという説もあるんですけれども、とにかくそういう少年たちが、ほんとうに長い艱難辛苦を経て海を渡って向こうへ行って、そして、ローマで非常に歓迎を受けました。そこのところまでは教会史にも書いてありますし、切支丹学者も書いている。

彼らは日本に印刷技術を持って帰ってきた。日本のカトリックの最初のいろんな文献や、日本文学の本を彼らの持って帰った印刷機械で加津佐って、島原からちょっと離れたところにありますが、そこのコレジョ（学習所）で印刷したという。ところがいま加津佐に行ってみますと、コレジョの跡というのは、もう大根畑でなにもなくなってしまっている。

しかし、その天正使節のうちの一人が、日本に帰って来るやいなや、ころんでいるということはあまり知っている人もいないし、それから、その男がどうなったかということについて、ほとんど研究した文献もない。

それから、さっきご紹介にもありましたが、「留学」という小説をわたし、書きましたが、日本で最初のヨーロッパの留学生というのは荒木トマスという男です。天正使節のあとに行った。これはホンコンのすぐ近くのマカオからヨーロッパへ行った。しかしヨーロッパはどこの経路かわかりません。

いったいどこで生まれたか。わたしが調べたところによると、熊本に荒木という人がたくさんいるらしい。御朱印船に荒木という男がいましたから、その人の子供だろう。また一説によると、荒木村重という織田信長の家来がある。あの人の子孫だという人もいますが、それもわからない。とにかくヨーロッパに行って神父になったんです。それで向こうで非常に秀才の誉れが高かった。ところが、帰って来てころんでしまった。この男は「ころびのペテロ」と信者から言われまして、のちに宣教師がとらえられるとき、訊問の通訳になった。しかし、いったいどういうふうにして生き、どこで死んだのかわからない。

ところが、わたしの友人に村松剛というのがおりまして、その奥さんが荒木というんです。熊本の人です。自分の祖先はヨーロッパへ渡ったということを、おじいさんやなにかから聞いていた。そして、うちの倉にはまだいろんなむかしの文章がありますよと言った。その村松君の奥さんの祖先が荒木トマスだったら、ほんとうにこれは拾い出し物だろうと思って、わたしは村松君に言いましたら、ほんとうにそうかもしれぬ、そうすると高く売れるだろうなんて（笑）、なかなか見せてくれない。だけど、こんどわたしは九州に行きましたら、ぜひそれを見てきたいと思っております。

とにかく、そういういろんな人がいますし、こんどは向こうからフランシスコ・ザヴィエルをはじめ、日本へたくさん宣教師がやってきました。そういう人々、たとえばポルトガルの宣教師ですと、インド艦隊といっしょに乗ってリスボンからアフリカの喜望峰へ渡って、インドのゴアに着きまして、ゴアからマカオに渡って、マカオからこんどは日本へジャンクとか、いろんな船で、いまだと一日半ぐらいでヨーロッパへ行けるようですが、当時だったら一年半、二年、三年かかって、やっと日本へやって来る。新井白石がシドッチのことを書いておりますが、その表現に、「波濤万里を経て」ということばがある。まったく途中で嵐にあい、疫病にあい、そして日本へやって来るんですから、その苦心たるや並みたいていのものじゃない。

そこで日本へ来て、不自由な日本語をあやつりながら宣教をやって、それから迫害時代にはいって、そしてあげくの果て両手両足を切り離されたり、雲仙のあの熱湯の中にほうりこまれたりして死んだ人もたくさんいる。そういう宣教師たちの苦労というのを少し調べて、こんど岩波から大航海時代叢書というのが出ますが、あの中に切支丹のそういう宣教師たちの書いた本がはいりますので、それをぜひ読んでいただきたいと思います。それからさっきちょっと出しましたヴァリニアノという人の本が桃源社から最近出ました。これはすぐ手にはいりますので、それなんか見られたら、そういう人の苦労というのはわかる。

3

その中で、きょうわたしは、ふたりの宣教師の話を選んでしゃべりたい。一つは沢野忠庵、一つは岡本三右衛門という男。なぜこういうふたりを選んだかと言いますと、このふたりはともに拷問にあってころんでしまった。そして、日本人の死刑囚の女房子供をもらって、べんべんと生きて、ひとりはあとから来る宣教師たちを取り調べるときに、その通訳に当たらされる。それからもうひとりは八十四歳かまで四十何年間、切支丹屋敷で、つまり屈辱の生涯を送って、仏教の寺に火葬で埋められる。カトリックはご存じのように、復活ということがありますから、火葬には絶対にしない、土葬です。

わたしは、このふたりの生涯を調べようと思いまして、いろんな本を見たんだけれども、どうもわからない。で、さっき言ったようにあっちこっちのほうからいろいろつぎはぎしまして、やっと多少わかることはわかった。どの程度わかったかと言いますと、このヘレイラというのは、長與さんの「青銅の基督」という小説に、主人公でないけれども、副人物として、ころびバテレンとして出てきます。この人は一五八〇年にポルトガルのジブレイラというところに生まれまして、一五九六年に上智大学なんかやっておりますイエズス会にはいる。それから一五九七年からカムポリードというところの修道院で修行されて、それから日本へ行こうということで、十九人のイエズス会の会員とともに船に乗って、アフリカの喜望峰を回ってゴアまで来た。ゴアでしばらく滞在したのちにホンコンのすぐ傍のマカオに来まして、マカオの神学校でまた神学校の学生となって、ここではじめてカトリックの司祭になることができた。

そこからいつ日本へ渡ったか、何年に渡ったかということはわからないわけです。とにかくその後のことでわかっているのは、一六一三年ですから、生まれてからだいたい三十三年ぐらいですか。ですから三十三歳のとき、京都の教会の会計係というのをやっておりまして、非常に日本語が達者だったということが、ほかの宣教師の通信文に載っている。それからずっと布教をやりまして、当時上方地区、九州地区というふうにいろいろ教区を分けていました。上方地区の地区長みたいなことをしておった。

それから江戸で大殉教がありました。そのときは徳川秀忠の非常に信頼していた侍までが殉教しました。慶應義塾大学のすぐ向こうのほうに札の辻という都電の停留所がありますが、そこでみんな焼き殺された。いま札の辻にいろんな墓のうしろのところに殉教のちいちゃな碑が残っております。その江戸の大殉教の報告文をローマのほうへ送っております。

それからさらに十三年後に長崎へ行き、そして、このころからだんだんだんだん切支丹禁制が非常に厳しくなりました。徳川家光の代です。いくら拷問にかけてもころばないものはころばないので、ついに徳川家光のほうでは、井上筑後守という、これは一説ころび切支丹と言うんですが、蒲生家の家臣です。それを宗門奉行にしまして、この奉行が従来のやり方をやめまして、心理作戦を用いた。この人の取り調べのやり方というのは記録に残っておりますけれども、これはほんとうに近代警察のやり方で、非常に信者の心理というのをよく心得ておりまして、屈辱とか、そういうものを与えたりすればするほど、信者というのは切支丹殉教に燃え上がるしするから、その逆手を使わなければいけないとか、口ではなんと言っても、そのときの表情で、どういうふうに鼻がふくらんだりして息が荒くなったら、これは信者だからというようなことを、自分の後任者の北条安房守に送った、そういう文章が残っております。

この井上筑後守という大審問官につかまってしまいまして、いろんな取り調べを受けたのちに、穴吊りの拷問というのがある。これは穴を掘りまして、顔をぐるぐる巻きにしまして、ここのところへちょっと穴をあけまして、血が逆流して、そこからちょっとだけ出るようなことですから、すぐには死なないです。何日も何日も逆さに吊られて、下に汚物がいっぱいたまる。

ですから、普通の殉教で、火刑とか、十字架刑とかですと、信者たちがひそかに見ていますと、非常に殉教の勇ましいかっこうになりますが、井上筑後守は、この穴吊りというやり方——これは非常に苦しいんで、わめいたり、泣いたり、からだじゅうすさまじいかっこうになるので、殉教の美しさというのを全部消す——そういうやり方を考えたんです。

そのとき、オランダの船がちょうど長崎にはいっていまして、これがヘレイラらが穴吊りの刑にあったということを聞いて、そのまま出港してしまったために、ヨーロッパのほうでは、ヘレイラは殉教してしまったと考えた。長いこと、ヘレイラは殉教したと思われておった。ところがその後に、あにはからんや彼はころんだ。五時間後にころんだんですが、船が出港したのが一時間後だったので、四時間後のことはわからなかった。五時間後に彼はころんでしまったわけです。

つまり二十三年間のはなばなしいというか、輝かしい宣教活動——それはイエズス会の通信文のほかに宣教師たちがヘレイラのことをとてもほめたたえて書いている――それが一挙にくつがえってしまいまして、そしてその後、日本名を沢野忠庵と称した。なぜかというと沢野忠庵という死刑囚がいる。その妻を強制的にもらわされまして、死刑囚の名まえ沢野忠庵という名まえをつけられて、長崎に長いこと住んでおりました。これがどうしたかよくわからないですが、岩波から出ております『オランダ商館日記』というのがあります。出島にオランダの商館がございました。そのオランダのほうはプロテスタントで別ですから、出島で貿易を許されておったわけで、そのオランダの商館の駐在員たちが毎日日記をつけている。その日記にヘレイラのことがときどき出てくるわけです。ポルトガルのバテレンのころびだと。それをみると、ときどき江戸に行っている。それからモンタヌスという人の『日本誌』という本を見ますとやはり出てきて、宣教師たちの取り調べられるときに通訳に当たっている。

ところがいっぽうでは日本に新しく西洋天文学を教え出している。天文学者ではないのですが、当時イエズス会の司祭というのは、ある程度の天文学などの知識をもっていましたから、それを翻訳して日本人に教える。それから医学についても教えたりする。

しかしこの人が『顕偽録』という本を書いている。その本はキリスト教というのがどんなにまちがった宗教であるかということを書いているわけです。その文章を読むと、もうほんとうに苦しくて、書きたくないのを無理やりに書かされている。これは与謝野晶子なんかが編纂した『日本古典全集』という、赤いちいちゃい文庫本、あの中にはいっています。まだときどき神田なんかの古本屋で見かけることがあります。

それで、ヨーロッパのほうでは、殉教したと思っていたへレイラが、あにはからんや、ころんで幕府のほうの犬となってしまったということを一六三六年にイエズス会が正式に通報し、パゼスの『日本切支丹宗門史』なんかを見ると、教会の汚辱というふうに書いている。それで、死亡した年齢はわからないということでしたが、いろいろ調べましたら、一六五〇年の十一月五日に、長崎で死亡したか、どこで死亡したかわからないですが、とにかく日本で死んでいる。

4

このヘレイラのころんだという報がはいりますと、たちまちカトリックの若い司祭たちは屈辱の気持ちに燃えて、当時日本に宣教するには、マカオとフィリピンのマニラが根拠地ですから、マニラからルピノという司祭が中心になりまして、それで二組に分かれて日本へまた密航してきた。その執念たるやすさまじいものがあるわけですけれども、この連中は、博多のすぐ近くのちいちゃな島に上陸しているのを漁師たちに見つかって、それから江戸送りになった。

そして、ふたたび大審問官井上筑後守の取り調べを受けまして、また穴吊りです。ほとんど全員死ぬか、ころぶかした。これはすさまじくドラマティックな事件です。

この中でキャラという男がいました。これはイタリアの人でして、この男はさっきのヘレイラと同じように岡本三右衛門という死刑囚の名まえをもらいまして、その奥さんももらって、子供ももらって、そして東京の、いまの講談社の近くにある切支丹屋敷、井上筑後守のむかしの屋敷を切支丹牢にしたんですが、ここへ入れられまして、軟禁状態です。切支丹屋敷の役人が当時の日記をずっとつけておりますから、だいたいどういう生活をしたかということはわかる。

それからあと、最後の日本渡来の宣教師、これも来ると同時につかまった。このシドッチという宣教師が、三右衛門なんか死んだあと、この切支丹屋敷に入れられて、新井白石がそれを取り調べて『西洋紀聞』という本を書きましたことはみなさんご存じでしょう。シドッチのときの生活ぶりを、新井白石がずっと書いておりますから、キャラの生活ぶりも想像できる。なにを食べていた、どんなきものを着ていた。そして壁のところへ紙で赤い十字架をかけて、一日じゅうその前に坐って、なにか念仏みたいなのを唱えておった。女房が、おじさんなんかのところに会いに行くのも、いちいち許可を得なければならぬ。

はっきりと軟禁状態です。ときどきお呼び出しがあってこういうものが見つかったが、これは切支丹ものじゃないか、こういうへんな像が見つかった、これは切支丹ものじゃないか、というようなことをきかれた。

とにかく、キャラは四十何年間、切支丹屋敷の中で生活して、そして死んで小石川の無量院に火葬で葬られ、その墓が残っておりました。これが戦後メチャクチャになって、いま、その墓石だけ石神井の大神学校のところへ持っていっちゃったという話。ぼくは、まだその墓のほうは見ておりません。

いずれにしても、そういうキャラとか、ヘレイラは、はるばる海を越えて日本までやって来て、そしてころんで一生を終わった男です。三右衛門の場合は、わたし、調べましたら、奉行に、わたしはあのときころんだんだが、ほんとうにころんだんじゃございません、わたしはほんとうにキリスト教徒ですという嘆願書を出すんですが、奉行のほうでは、それを破って捨てる。見て見ぬふりをするわけですが、それが偶然役人の日記に残っていたので、三右衛門というのは、ほんとうにころんだのでなくて、その後も、「切支丹の信心もどし」というんですが、「信心もどし」を盛んにやっておったということはわかるんです。しかし、とにかく一般では、岡本三右衛門のキャラ、それは教会の汚辱みたいな書き方をされている。ヘレイラはもちろんのことです。

外国人の書いた『日本切支丹宗門史』にはもちろんのこと、日本人の書いた切支丹史の中で、ひとりの人間の人生というものが、こういう教会の背教徒とか、異教徒とか、ころび者とかいう名まえで片づけられる。けれども、ほんとうにちょっとでも調べてみると、そうではなくて、ほんとうに信心もどしを盛んにやろうとしたら、それを奉行所のほうで聞きいれないで、そして死んでいった。本日岡本三右衛門死すと、そして懐中にいくらかのお金が残っておったということが書いてある。非常にあわれです。

つまり、その男の人生というのを、ほんとうに調べないで、バサッと切ってしまって、烙印というものを押すということは、人間の社会では、これでしょうがないでしょうけれども、しかし教会というものが、そういう永遠の烙印を押してしまっていいものだろうか。

5

なぜ、こんな男に興味をひかれるのかということですが、仮に弱者というものと強者というものがあって、強者というものは、踏絵を踏めと言われて、踏みませんと言う。そして殉教していった。そういう気持ちは、ほんとうにりっぱだと思う。弱者というのは、踏絵を踏めと言われて、踏みたかあなかったけれども踏んだんだろう。そういう弱者というのは弱者であるがために救済というのがないのかということに、わたしは非常に矛盾を感ずるわけです。

切支丹史を読んでいると、強者は栄光に包まれて、ころんだ人間というのは救済がなかったかのごとく書いてある。こういう、従来の教会の書き方およびキリスト教学者の考え方に反発を感ずるわけです。文学はここからその人の人生を味わうことですから、ほんとうにそういう裁断の仕方ができるものかどうかということを、小説家としては、やはりわが身に引き寄せて考えるわけです。

もちろん、事実がそれを立証しなければ、事実をできるだけ調べる必要があります。余談ですけれども、長崎の西勝寺というところにヘレイラのころび証文の反古《ほご》になったやつが残っている。だから、そういうものがあるというのは、まだまだこれから調べられる余地があるということだと思うんです。とにかくこれからわたしはどんどん、そういう荒木トマスにしろ、キャラにしろ、ヘレイラにしろ、ころんだ連中のことを、つまり切支丹時代の知識人の一つの生き方というのをやはり考えていきたい。

この一年間ぐらい、わたしは弱い者がどうして救済されるかということを、短篇で、いろんなヴァリエーションで書いてきた。ところが批評家の人が殉教というのは虚栄心だとある合評会でそういう発言をした。わたしはあまり怒らんほうなんですが、そのときはさすがに温厚なわたしもムッとしまして、そのことを言った人にある日、わざと酒を飲んでからんでやろうと志しまして（笑）からんで、そしてほんとうに虚栄心かどうか、もう一ぺん長崎へ行ってくると言いまして、とにかく長崎へ出かけて行きました。そうしてあっちの殉教地、こっちの殉教地と回りました、ほんとうに虚栄心かどうか、そんな証明ができるわけではないんだけれども。しかし、ぼくはそういうものの考え方に、このごろだんだん反発を感ずるわけです。つまり、人間の心理をエゴイズムとか、虚栄心だけで割り切れば今川焼みたいなもので、ジャーッというと、ポンと一個できあがる。すべての人間の心理の中には、虚栄心とかエゴイズムとかが、おそらく含まれていないとは言えないでしょう。だから、こういう殉教の心理の中に、虚栄心が確かに含まっているだろうということを、ぼくは否定するわけではない。確かにあったでしょう。英雄主義というような心理もあったでしょう。しかしそういう英雄主義とか、虚栄心を仮にわたしが大甘に言って六十%としても、あとの四十%というのはX《エックス》としますと、このXはなんであるかということについてが、いちばん大切な問題だと思う。なぜなら、われわれの心理の背後には、魂の領域というものがある。つまり人間内部第三のディメンションというもの、その第三のディメンションというのがなんであるかということを、近代小説というものが考えないで、心理というものの中だけで人間というものをつかもうとしておれば、すべての人間の行為というのは、あらかた虚栄心とかエゴイズムというものだけで片づけられる。

それは、日本の明治文学からきょうまでの人間の見方の、ある一つの流れになってしまっているけれども、しかし、その背後にもう一つのものがなかったことが、わたしに、そのとき問題だった。わたしは虚栄心と言われたことについて怒ったんじゃない。そういう人間の心理の背後に、もう一つのディメンションを文学というものがつかんでいかなくちゃならないと思うから、そういうつかみ方をしないということについて、酒でからんでやれと思った。——とにかくまた長崎へ行きました。

そうしますと、いろんなことで考えたり、発見したことはありましたが、いまのヘレイラとか、キャラのことでいちばん発見できたことの一つというのは、実につまらんところでなんです。長崎にまいりますと、もう京都と同じに、高校生なんかバスに乗って大浦天主堂、それから原爆の遺跡とか、そういうところをずっと回っていきますが、その一つに、明治時代、向こうから来た外人さんの家の家具を集めて見物させてお金をとっているところがある。グラバー邸でなくて。そこへ行きましたところが、偶然ですが踏絵が残っているわけです。その踏絵は、もう相当くろずんでいるんですが、足の拇指のあとがベタッとくっついているわけです。おそらく、あぶら足だったかもしれません、お百姓やなんか踏んだわけですから。迫害時代が終わったあと、切支丹がいなくなったあとも、正月に、町の代表が奉行所から踏絵の箱をかりて、町をずっと回ると、そのときは家の前を掃き清めて、一家の主人が待っていて、そして父親から順に踏んでいく。

そういうふうに踏んでいったんですが、そのベタッとした拇指のあとというのは、そういう迫害時代が終わったあとの足ではなくていかにも迫害時代に踏んだようなきたない足の拇指のあとなんです。それから、こんどは踏まれたキリストの顔というのが西洋の宗教画にある栄光のキリストの顔じゃない。われわれと同じように、みじめで孤独なキリストの顔だ。それにおそらく日本人の作った銅版でしょうけれども、あまり踏まれてしまったために、このキリストの顔はすり減っちゃって、へこんでしまっている。そのうえ、拇指のきたないほうの足を見ますと、踏んだ男の苦しみというのが、足の痛さというのが非常にわかるような感じがする。

わたしのような男は、役人から手をあげられて、「こら、踏まねば殺すぞ」と言われたら、率先してということはないけれども、第二番めか三番めに踏んでしまうような男です、ほんとうに。自分で考えてみますと、踏んだろうと思うんです。おそらく、わたしがその時代に生まれたら、踏まなかったという自信はない。ところが、そのとき、踏むときは足がほんとうに痛かろう。

たとえば、自分がいちばん愛している恋人の顔を「踏め」と言われたら、はじめわたしは「いやだ」と言う。「この顔踏まなければ穴吊りにするぞ」と言われたらしょうがない、ゆるしてくれという気持ちで、愛するものを踏むでしょう。愛するものを踏んだとき、とても足は痛いです。足は痛いんです。そして逆に、わたしにほれている女がいまして、わたしをほんとうに愛してくれておったとしますと、そのとき、「踏むな」とは言わないでしょう。「踏んでもいい」と言うでしょう。「あんたが助かるなら踏んでもいい」と言うでしょう。キリストだって、そう言ったんです。あのときの踏絵というのは、おそらく日本にしかないことでしょう。その踏絵のキリストの顔がへこんで、ひどく悲しそうになって、それが訴えるように、「おまえの足の痛さはよくわかる、さあ、踏みなさい、そのためにわたしはいるんだ」ということを顔いっぱいで語っている。そういう顔をしているのが踏絵のキリストじゃないか。

これにはわたしは非常に心を打たれた。踏むなと、キリストはどこで言ったかというとどこでも言わなかった。ただ切支丹が踏むなと言って、あたかもキリストが踏むなと言ったかのようにいって、そして、強いものが踏まないで、栄光に包まれたという。ひょっとすると、キリストは踏んでいいと言ったんじゃないだろうか。踏んでいいと言ったらおかしいですが、キリストというものは、自分はそういうもののためにいるんだという意味で、踏んでもいいと言ったんじゃないかという、そういう人間的なものと神的なものとが最もけがれた形で合わさっているようなイメージ――それが、日本の踏絵がもっている一つのいちばん大きなものじゃないでしょうか。

6

そういう信仰というのが、いわゆるカトリック教会の教理からいっていいかどうかということは、いま自信がありません。しかし、自分の信仰の気持ちというものが、だんだんそういう方向へ行っている。つまりキリストが踏んでもいいと言ったというようなやさしさ、愛というものをもっていたという感じというのは、だんだんわかるような気がしてきたんです。

キャラとか、ヘレイラという人間がころんだあと、四十何年間というものを苦しんだりいろんな人生の屈辱を味わいながら生きていかなかったと、だれも言えないわけです。そのことは切り捨ててしまって、ただころんでしまったということだけで教会の汚辱だということはおかしい。おそらく、キャラとか、ヘレイラというのは、われわれにとって、いちばん隣人のひとりになるんじゃないかと、わたしはそういう気がするわけです。

それで、そうしますと、キャラやヘレイラの中から投影するのはユダのことでしょう。わたしは、これは自分の考えですから自信をもって言うわけではないが、わたしがいつも聖書の中でひっかかってしまうのは、キリストが最後の晩餐のときに、ユダに「いけ、汝のなすところをなせ」と言っているところです。ユダが外へ出ると、「外は闇なりき」。闇というから孤独だったんですね。あれはとてもいい文章だ。外は闇なりきというユダの孤独がとても出ている。「いけ、汝のなすところをなせ」

しかし、ぼくはあれをずいぶん長いこと、命令形みたいな感じで読んでおったわけです。「おまえは向こうへ行ってしまえ。そして、おまえのしたいことをするがいい、わたしはおまえさんを見放した」というような感じで読んでおったわけです。しかし、なぜキリストがそういうことを言うのかということは、キリストが愛ならば、ユダこそいちばん愛さなくてはならないのではないか。なぜあれはああなっているのかと、友人の司祭にききますと、「きみは女に裏切られたことはあるかね」と、その神父さんがきいてきた。「いや、裏切られたことはないが、裏切ったことはたびたびある」(笑)

「たとえば、おまえの女房がおまえを裏切ったとする」——幸か不幸かまだ裏切ってくれないですが——「仮にまだ彼女に対する愛情があるとする。しかしそれを見るのはいやだ。そういうとき、やはりおれはおまえを愛しているけれども、まだ見るのはいやだからあっちへ行ってしまえ、そういう意味だ」と神父は言うんです。しかし、これは理屈というものので、わたしはひとつも納得いかない。

しかしわたしは、その踏絵を見てから、たとえばフランス語訳の聖書なんかを読む。すると、なんだか非常にイメージがわいてくるような感じがする。つまり、行けというのじゃなくて、行きなさいというのは命令でなくて許容というか、許しという感じで、おまえのしたいことを、つまり自分を裏切るという形をしても、それはしかたがない、しかたがないというのは、それもしかたがない、しかし、おまえみたいな人間のためにわたしがいるんだということですね。そういうイメージで、そのことばがだんだんわたしに考えられてきたのです。

もちろん、そういう読み方をするのは、わたしの主観かもしれないし、邪道ですが、しかしとにかくそのユダのことはさておいて、ヘレイラとか、キャラとかいうものへのわたしの見方というものが、けっきょく、その踏絵を踏んだものの泥足と、それからあまり踏まれてしまったためにへこんで、ただでさえ悲しい顔が、さらに悲しくなっているキリストの顔と重なっている、そういう見方を、わたしはだんだんするようになった。

現在、わたしは岡本三右衛門をもっと調べて、切支丹時代の知識人という――これは小説でもなんでもありません――本を出そうと思っています。わたしはそこつ者ですから、ひとりでできませんので、三浦朱門という、これは非常にりちぎな男で、一字一句もまちがえない男で、三浦にいっしょにやってくれんかと言いましたら、やろうと言ってくれまして、ふたりでコツコツ勉強しているわけです。切支丹時代のこういうころんだものばかりのことです。別に創作でもなんでもありません（笑）。本をことしの冬ぐらいに出そうと思いますので一つ買って（笑）どうも……。（拍手）

宗教と文学

私がここに与えられました題は「宗教と文学」というのですが、こういう題を出されて話をするのは、私は非常に照れ性なものですから、背中にジンマシンがおきた様な感じがします。しかし、一生懸命四十分なり、五十分なり努めますから、皆さんも多少一生懸命聞いてやって下さい。

実はこの学校の方の中から、何か小説をお書きになる事のお好きなグループの方がやっておられる雑誌を、この間送って頂きました。そして表紙に、「是非これを一読しろ、近くお前の所に行こう」と書いてありましたので、一生懸命読みました。その雑誌の小説を拝見したのですが、その雑誌だけでなく、私の所に職業柄いろいろな同人雑誌を寄贈して頂いております。そういうのを時々読んで、一般に今の若い人達がどんなことを考えているか、或はどんな小説を書くかということを見ますと、共通して、「この世の中はどうもおもしろくない。私は孤独である。どうも私は疎外されている」というのがどの小説にも出ております。これは何も同人雑誌だけでなく、今の若い小説家達の純文学の雑誌というものを見る時、たいてい、人生が孤独であるとか、疎外されておるとかいう事を書くわけです。

ところがこの人生が孤独であるとか、疎外だとかいうことは、私が丁度貴方達の年齢にあの戦争が終りまして、そして大学に入りました時から今日に到るまで、ずっと日本の小説の若い人達も、私達のようなもう中古になった男も皆んないっている事で正直にいって私はあきあきしているのです。自分が孤独だ、或はその疎外感、そんなものは何も自分だけが感じる事ではなくて、多少感受性があれば、どんな馬鹿でも感じることなので、もしこれを感じなければ、これは鈍感というべきであります。この世の中というものは、また生きていくという事はおもしろくないものであって、これを仕合せだと思うのは、これはよほど利口な人か鈍感かどちらかです。まともな神経を持っていれば人生は孤独だとか、或は自分は疎外されているとか、そういう風に感じるのはだいたいあたりまえじゃないのでしょうか。大切な事はこの人生が孤独だとするならば、この孤独をどういう風に越えて行くかという問題であります。

小さくいえば現代の小説、大きくいえば近代の小説というのは、多かれ少かれ人間が疎外された状況、人間が孤独になってしまった条件というものを、書いて、書いて、書いて、今日までできているのであります。

私はフランス文学が専攻ですが、フランスの小説は勿論のこと、日本の小説家も同じことがいえるのです。

ただ、フランスの小説の場合は、同じようにその孤独だとか疎外だとかいっても、それから越えて行こうとする、何んとかそういうものを越えて行こうとするその意志がどこか背後に語られているのであり、こう語られていなくとも願っているのです。けれども日本の方は孤独のところで最後の頁が終って、そしてこれを越えようとする意志の方が非常に薄弱です。

私が丁度貴方の年齢の頃にサルトルとか、カミュの小説が日本に初めて輸入されました。それで新宿や渋谷の若い人達の行く所へ行きますと、私もその頃若かったのですが、皆んななんですか血走った目をして、「ああ、人生は孤独だ、虚無だ」といっていたけれども、どうもそのつらがあまり孤独なつらでなくてニコニコ、――ニコニコとまではいかないまでも、とにかくそういうことに酔っているような顔、我々日常生活の中でも、そんな若さというものが必ず伴う反抗という姿勢があります。どんな人にでも若い青春時代には何か反抗していこうとするその姿勢というものがあり、その反抗のできない人というのは、やはり前の世代を乗り越えて行けないわけですから、その反抗の姿勢というのは非常に立派なものだということは私もわかっています。ですから実際的に家庭の中にいて、そして両親というものに反抗される方もあるでしょうし、或は職場に入ってその社会というものの矛盾に反抗していかれるという事もあるでしょう。

しかし、反抗のための反抗、或はその疎外された感じというのを楽しむだけの反抗ならば、それは意味のないことで、そういう孤独とか、反抗とかいうものから次の新しい調和、孤独ではなく人間と人間との結びつきというもの、どういう風にしていくべきかという事の方向といえるものが自分の中に、心になくてはならないので、それが今の小説には一番欠けているのではないかと私は思っているのです。それで、さっきそういうものにあきあきしてしまったといったのです。

むしろ小説というものを書き始めるならば、いや書くならば、その孤独とか疎外という事を結論にもっていかないで、そこを出発点にして、どういうふうにしてそれを越えて行くかという方向にもっていくのが今後の小説のあり方だと思うのです。

そういう考えからみますと、人間と人間の結びつきとか、或はもっとごく簡単に、人間と日常生活の結びつき、人間と家庭との結びつき、という事を、どういう風にしたら良いか、という事になるのですが、結局政治か、宗教か、そのどちらかに大体その方向が決まってきています。

皆さんが町を歩いていらっしゃる、するとそこにある家、そこにある電信柱、或はビルディングとビルディングの間から見える空というものが皆さんの意識と、皆さんの気持とぜんぜん結びつかないのが日常生活じゃないかと思う。まわりの世界、そんなものと、あなたがどういう風にして調和していくかという事がなかなか手探りしてもわからないのです。いつも何か道を歩いていても、家庭にあっても、どうも何かそんな外界と自分とが結びついてこない。何かそこに調和が欠けている、というのが誰もが感じている気持だろうと思います。これにはいろんな理由があるでしょう。例えば機械文明という事もあるでしょうし、或は近代というものがそういう風に、人間をいろんな社会的に経済的におっぽり出してしまったという事もあるでしょう。

そこで宗教というものを、やっぱりその生き方の上で、考えてもそう悪くはない。つまり自分が信用する信用しないにかかわらず、とにかく宗教というものも一応若い内に考えておくことは決して悪くないと思います。ところで、てっとりばやくその宗教について考えるのには、いろいろな話を聞かれたり、それから聖書とか、そういうものをお読みになったりするのも良いでしょうけれども、もうちょっと日常生活の次元の中でそういうものに接したい、好奇心を持ちたいと御思いになるならば、さしずめ小説というものによる方が手近だろうという事はいえます。

ところがその宗教小説というのはだいたい面白くないのです。特にキリスト教の小説家の書く小説というのは、もう読まないうちから話がわかっているから、あんなものはいやだ、という様な感じがします。

もう一つは、キリスト教とはどうも縁遠くてあんなもの面白くなんかない、背中にジンマシンがおきる感じがしてくる。何んだか、胡散臭いじゃないかという感じがして、なかなか手にとりにくいものですけれども、そこのとこをそうおっしゃらないで聞いて下さい。

先日玉川学園の購買部に行って、調べて来ましたが、文庫本の中で、例えばグレアム・グリーンという人の小説とか、或はフランスア・モーリヤックという人の小説があったら、まあ一冊が六十円位なのだが、皆さんがアイスクリームをどっかで食べる値段を倹約してくれれば買えるんですから、ためしに読んでごらんなさい。岩波文庫や新潮文庫にも入っています。グレアム・グリーンとフランスア・モーリヤックと二人の名前を挙げましたけれども、その他にキリスト教の作家、宗教作家というものはヨーロッパにたくさんおります。その中でこの二人を選んだのは、この二人ならば日本人の我々にも、何か背中にジンマシンがおきない感じで読めますし、それ以外になんというか、共感できる部分があるのではないかと思います。

この二人の小説を読む前に、読むための多少の注意点をお話ししておきましょう。どんな事をあらかじめ頭にたたき込んだら良いか、一般の学生さんとして、どんな事を頭に入れた方が便利かということだけを今日話しておきます。

このように宗教を持っている人が小説を書く場合、二種類の型があります。一つは一種の宗教宣伝小説みたいなもので、これはどこかの外国の本屋へ行きますと、また宗教ライブラリーなんかに行きますと、よくそういう小説がころがっているものですが。

例えば一人ここにある宗教、キリスト教ならキリスト教の信仰を持った娘がいるとする。それが病気で、そしてそのフィアンセがろくでなし、ろくでもないような男だがその純情なお嬢さんのけなげな犠牲的な気持にだんだん絆《ほだ》されて改心していって、そして彼もキリスト教になりました、という様な、何か読まないうちからもうわかってしまうような、そういう小説です。一種の護教小説といいますか、布教小説とかいう形で出ているものです。私は必ずしも悪いとは思わない。しかしこういう小説というものは勿論文学の上からいうとマイナス、ゼロであります。しかし、こんな護教小説というものが少し高度になりますと、ポウル・ブルジェという人の「弟子」という小説などはその例です。ポウル・ブルジェという人は、フランスの夏目漱石だといわれて、一時日本のインテリなんかにはずいぶん読まれたものです。ルナンという哲学者が十九世紀の終りから二十世紀の初めにフランスにおりました。この人をモデルにしたアドリアン・シクスト先生という実証的哲学者が恋愛論というエッセイを書きました。ところがその恋愛の心理を非常に綿密に分析して書いたそのエッセイを、彼の弟子が一人の娘に実践した。そうすると、はたせるかなその恋愛論どおりに娘が彼を愛するようになってきた。けれども最後のところでその男はその娘を捨ててしまって、そして娘の兄さんからピストルで撃たれて死んでしまう。そしてそのアドリアン・シクスト先生は、そのニュースを聞いた時、ガッカリとうなだれて自分の実証哲学が間違っていたという事を初めてそこで悟ったのです。私の話す筋では身もふたもないけれども、読んでいる間は非常に面白い。これは翻訳がありますからお読みになって下さい。

こういうのは少しインテリじみていますけれども、これもやっぱり本当のところ文学ではない。それは人間の心理を偽って書いており、すべての人間がそういう形で、こういう方向にもっていかれる、宗教における救済なら救済という風にもっていかれる。無理矢理に自分のその作中人物の頭をこっちに向けて、そしてホレ見ろ、こういう風にして救われただろうというような形をとっている。

作者になりますとよく経験するのですが――、小説家は一つのプランを決める、作中人物が、例えば太郎という男がいて、花子さんとこういう風になって、そしてこういう風になるというようなプランを立てておきます。が、このプラン通りに進んだ小説というのは非常に悪い小説です。それはなぜかといいますと、作中人物を無理矢理にレールに乗せて進めて行く。右向け右というとその作中人物が自分の思い通りになって右を向いたり、左向け左といえば左へ向いてしまうような小説というのは、我々小説家では本当の小説ではない、というのがもう根本概念です。いわゆる宗教小説の中の半分というものは、無理矢理に一人の人間を救済させる為に、そっちの方で何か悪い事をする。やがて良心の後悔にあって、そして彼は改心するという方向、レールの上にずっと乗せてしまう。こういう宗教小説というようなものは宣伝というような効果、布教というような効果はありますけれども、しかし、文学としてはマイナス点をつけなければならない。つまり、これは文学に於ける宗教ではなくて、宗教に於ける文学だという事であります。

ところが今、皆さんにお読みなさいと申し上げたフランスア・モーリヤックとか、グレアム・グリーンの小説というのは、彼等は皆小説家であり、キリスト教という宗教を持っている人ですけれども、一方では宗教のその事をよく考えながらも、小説家としての義務を決して歪めなかった。小説を宗教の宣伝の為に使わなかった。小説家の義務というのはなんといっても一番始めに人間を観察するという、本当の人間を書くという事ですから、さっきいったように、人間の心理を無理矢理に救うなら救いの方へ向けていくという方法をとらなかった。

例えば、フランスア・モーリヤックの「テレーズ・デケルウ」という小説があります。これはフランスとスペインとの間に松の森が延々と繋っている所に——私もちょっと行ってきましたけれども——テレーズ・デケルウという女がいました。皆さんと同じ位の年齢の娘ですが人妻でもなく、少女でもない、丁度娘の不安定な心理を逃れたいために、ベルナールという男と結婚した。彼は決して悪い男ではなく、インテリらしく、顔もそう悪くないし、その男と結婚したんですが、彼の事は嫌いではないがなぜかわからないけれども彼と一緒に生活していると疲れてくるというか、重苦しい、丁度お正月に皆さんがお餅を食べて、いつまでも消化されないという感じを、夫の横でいつも抱き続けている。そういう感じを持っている時にそのベルナールという男は心臓を悪くして劇薬を飲んでいる。それを見て、もし夫が居なかったならば自分が解放されるんじゃないかというわけで劇薬を多く飲ませて、そして、それが発覚した。それで彼女はたった一人ぼっちの生活をそのランドルの森でしなくてはならなくなったというだけの筋です。

この小説は筋だけでは身もふたもないけれども、おそらく二十世紀の小説の中で、ベストテンの一つでしょう。フランスで学生達に投票させると必ず「テレーズ・デケルウ」はあります。僕の留学時代に友達なんかに聞くと、必ず「テレーズ・デケルウ」と皆んないっていました。近い内にその映画が入るそうです。エマニュエル・リバがそのテレーズ・

デケルウになります。この間、フランス人にその映画のことを聞きましたら、これは非常に良い映画だそうですから、もしも機会があったら御覧になって下さい。しかし映画を御覧になる前に是非その小説は一読しておいて頂きたいと思います。

で、この小説を書く時にフランスア・モーリヤックは、初めはそのテレーズ・デケルウをそういう孤独な所に追いやるのではなくて、そんな世界から逃れさせて明るい世界、つまり救済の世界に行かせようと自分はプランを立てたのだけれども、書いていくうちにどうしてもテレーズがいう事を聞いてくれない。そして自分は小説家としての義務を守るために途中でもう筆を折らねばならなくなってしまったという事を彼はいっています。事実その後、「夜の果て」という小説をもう一度フランスア・モーリヤックは書きまして、それでテレーズの救いを与えようとしたのですが、「夜の果て」でもテレーズはやっぱり孤独の中に住んでいて、どうしてもその救いというものに対して頑強に背を向けるという形をとっているわけです。

今申し上げましたテレーズ・デケルウの一例をとってみても、普通の宗教小説という感じは恐らく皆さんお読みになってあんまりしないだろうと思います。そういう意味で日本人にはわかりやすいのです。一度目は読んでわかりやすいが、二度目、三度目をお読みになるとキリスト教というものが、いったいなんであるかという事がだんだん少しずつわかってきます。そのどこでわかってくるかという事は、これは実際的にお読みになって頂くのが一番良いので、ここで私がなんかかんかいうよりは、とにかく何か感じてきます。二度位お読みになる事をお奨めします。つまりその宗教というものはこういうものなんだなという事が、「ああ宗教というものはこういうものなんだな」という事を感じてきます。
そのテレーズが孤独に追いやられて行く過程のどこからか滲み出ている。

また、グレアム・グリーンの「事件の核心」という小説がある。これはもうすでに映画になったから、皆さんも御存知かもしれませんが、一人の男が、その妻に対して愛情というよりも憐憫を持って生活しているところへ、もう一人の女が現われて、その人と恋愛におちいった。その男は非常に気が弱い男であったものですから、妻を捨てる事もしのびない。それからもう一人の女を捨てる事もしのびない。つまりどっちも不幸にする事はできないと非常に迷って苦しむわけです。そうして結局「俺が居なければ一番良いんだ」というわけで、そして毒を飲んで死のうとするのですが、その時どっからか声がして、これはキリストの声ですが、「死んでくれるな、死なないでくれ」というわけです。どっちかの女を捨てて一人の女を、つまり自分の情婦なら情婦と一緒に生活しても良いから死なないでくれ、なんとか生きていってくれという声がどっからかするのです。けれどもその男はキリストに向ってこういう。「貴方はこの私のために罪を負って十字架で死んだっていうけれども、もう私はこんな男だから、どうか私の事はほっといて下さい。私は貴方まで疵をつけるのはいやだ」といって薬を飲んで死んでしまう。それがその小説の最後です。「あの男は一番キリスト教徒ではなかったのか」と一人の神父さんが呟く。あの男は本当にキリスト教徒ではなかったのかという言葉がヒョット出てきますが、しかし、そうはいっても小説そのものとして一人の人物の心理を曲げたりしません。普通の通俗的宗教作家ならば、こういうところでうまい事をして、それで必ずこの男に救済かなんか与える筋書きをもってきますが、そういうような孤独へ追いやって、しかもキリストの声にも従いません。「これが宗教小説」だというと、皆さんはちょっとびっくりされるでしょうが、しかし一読、二読、三読、四読して行くうちに、やはりこれは宗教の小説だという事が感じられてくると思います。

では、なぜかという事は私、ここでいいません。なぜかということをもし知りたければ御自分でお読みになってお考えになって下さい。もし、それでも迷うのでしたら私の考えは、今度私の家にでも来て下さったら議論でもしましょう。とにかく読んでいただきたい。ただ一つ、こういう事がいえる。

本当の宗教ならば人間のきれいな面だけを見せるものではない。人間の最も汚い面、人間ってきれいな面と同じに汚い面がある。そっちの方も見せなければならない。つまり人間は一つのソロではなくて交響楽みたいなものです。その交響楽に照応するものが本当の宗教で、きれいな部分だけスポットライトをあてるものであったら、僕は本当の宗教だとは思わない。ですから本当の宗教作家というものにはその人間の汚い部分というものにも目をつぶってはいけないという事はいえるわけです。

今申し上げた二人の宗教作家、或はもしそれをお読みになって他の宗教作家の名前を知りたければリストにでもしてお渡ししましょう。

そういう小説をお読みになったならば、宗教というものは、キリスト教ならキリスト教でも良いのですが皆さんがお考えになっているほど、背中にジンマシンがおきるものではなく、また彼奴はどうも偽善者臭くっていやだという感じもしなくなる。しなくならないとはいえないだろうけれども幾分へってくるのではないかと思います。

それからです。皆さんがこういう若い時代に宗教というもの、例えばキリスト教ならキリスト教ということを専門的な人達に会われてお考えになる事も決して無駄でない。そんな宗教にお入りになるという事とか、入らないとかいう事とは全く別問題にして、そういう事をお考えになるための、入り口のために小説を御利用になることは決して無駄ではないと思います。若い時代には皆さん、いろんな事を考えなくちゃならないだろう。政治の事も考える時もあるだろうし、社会というものはどうもという事もあります。

しかし、やはり日本人の場合、とにかく一番縁遠い宗教という事もやっぱり若い内に考えて頂くために、今申し上げたように、二人の作家、フランスア・モーリヤックとグレアム・グリーンという名前を一応皆さんの頭に覚えていて下さい。そしてこれは文庫本で買えるから、ドストエフスキーを読んだり、サルトルを読んだり、カミュを読んだり、或は、ほかの本をお読みになる時、ついでに一応彼らも読み、そして合せて私の本も読めばなお効果は倍増するでしょう。

文学と人生

まず「文学と人生」という題についていいますと、これは、「私の文学と人生」ということになるでしょう。だから、あなたの文学、あなたの人生とは、必ずしもかかわりがないと思われるかもしれない。けれども、やはりどこかに関係はあると思います。

私と文学との縁といいますと、私は文学を勉強しましたし、ずっと文学を書いています。しかし私の人生からは、文学についてほとんど学ばなかったということが、第一にいえるでしょう。私は、自分の先輩であるたくさんの小説家の作品によって、文学を書くようになれたのです。

「われわれの人生経験によって、文学を書きます」「私の人生経験を忠実に書きます」という人がいますが、人生の経験で小説が書けることは、ほとんどありません。

私は自分の経験が非常に少ないのです。小説のなかでは何人の女を捨てたかわかりませんが、『わたしが・棄てた・女』という小説を書いたところが、教会の信者が神父さんのところへ訴え出て、「遠藤さんは、あんな悪いことをしている」。神父さんから、「君の立場はよくわかっているけれども、ああいう題はつけないでくれたまえ」といわれたことがあります。しかし、私の小説は、私の経験ではまったくないのです。

私は、大きな文学の流れのなかで、いろいろな作品の流れのなかで、文学というもの、小説というものを考えてきました。それは、百年前、二百年前、三百年前の先輩たちのある種の共同体のなかに浸ることによって、その人たちから眼鏡をもらい、それで月を見、海を見、空を見た。すると、それまで私の目で見ていたのとは違う雲が見えた。灰色だと思っていた海が、そのときピンク色になった。ああ、そうだったのか、こういう見方、こういう眼鏡があったのか、ということを、この文学の共同体のなかで学んだのであって、孤立して文学を書いたのではない、ということです。いいかえれば、私が私の個性で私の小説を書く、ということは、けっしてできなかった。私の文学があるためには、たくさんの人の文学が私の背後にあって、助力してくれた。一言でいうと、文学は他の作品との共同体のなかから生まれたものだ、と思います。

もう一方の、私の人生について、私は最近ますます、自分の個性というものが疑わしくなってきました。私の人生は、私とだれかとのかかわりで生じたのであって、私一人の人生というものはなかったのです。私はいろいろな人の人生を通過し、いろいろな人が私の人生を通過しました。彼らは私の人生に痕跡を残しました。私は彼らの人生に痕跡を残しましたが、それは、りっぱな痕跡とはいえない。悪い痕跡です。若い人には、感じられないでしょうが、私の年齢になると、夜中にふと目をさますことがある。闇のなかで目をあけて、こう思うことがあります。あの人の人生は、私が通過したために、こうなってしまった。私が通過しなければ、こうはならなかったであろうに……。あいつも、あいつも、と、その集積が、肩に重くのしかかってくるのです。もしあいつともう一度会っていたら、ああいうことはしなかったのに……。

そういうとき、自分ではどうにもできなくなる。「神様」という声が出るときもあります。「なんとかしてください」と、声が出るときもあります。これは、この年まで生きてみないとわからない悲しみだと思います。

いずれにせよ、私の人生は、いろいろな人とのかかわりあいのなかで成立したといえます。私の文学は、いろいろな作品を通り抜けることによって成立したといえます。

もちろん、私の作品の独自性、他の作品と違う部分はあると思いますが、しだいに、それはたいしたことではない、という気持ちになってきました。私の人生のなかで、私の個性、私の自立ということも、たいした問題ではないのです。私があるのは、いろいろな人の存在とかかわり、支えられてきたからです。支えられたというのは、つっかい棒になってくれたというのではなく、痕跡を残してくれた、という意味です。

問題は、その痕跡のなかで何を選択し、かみしめてきたか、ということです。いろいろな人が私に触れてくれたなかで、私にとって重要なこと、私にとって非常に大切な人、というような取捨選択です。

何度も会ったが、私のなかに痕跡を残さなかった人もいるし、たった一度会っただけで、非常に深い痕跡を残した人もいる。それらから、何を選択し、自分のなかにどういう形で整理してきたか、ということが問題なのであって、私の文学が自分で独立したということではないのです。

私の小説を読んで、背後にあの作品がある、あの作家がある、と分析はできないでしょう。しかし、あるのです。私はいろいろな作品を読んで、提供を受ける。それらの作品もまた、いろいろな提供を受けているのです。「遠藤周作だけの世界」なんて、ありっこないのです。そういうことを前提にして、「文学と人生」についてお話するわけです。

私自身の人生に、もっとも痕跡を残した人間は、母親です。これは、私の場合、はっきりしています。母親は決定的な痕跡を残しました。

私は左翼の作家ではないし、無神論者でもありません。私はまがりなりにもキリスト教の作家ですが、そのキリスト教に触れさせてくれたのは、母親です。私は若いころに、何度、こんなアーメン臭いものは捨てよう、と思ったかわからない。バター臭い顔したキリストなんてごめんこうむる、という気持ちになったことは何べんもあったし、いろいろな疑いや何かもありました。それでもキリスト教を離れなかったのは、宗教に関心があったからではない。母親がだいじだったのです。

母親は私の若いころ死にました。死ねばますます愛着が出てきます。私は自分でキリスト教信者になったのではなく、母親がむりやりにそうさせてしまったのです。気がついたときには、生まれながらのいいなずけが決まっていたようなものです。そのいいなずけは青い目をして金髪だった。私は日本の娘の方が好きだから、ほんとうに何度も、なんとか取り替えようと思ったのですが、彼女は世のすべての女房と同様に、出ていかないのです。そこに母親が介在しているのです。母親への愛着がありますから、母親がそれまでいっしょうけんめいに自分の人生を生きた、その、彼女にとっては思想ともいえるであろうものを、私がむげに捨ててしまったら、母親がかわいそうだ。だから、自分で勉強して納得するまで、自分がかみしめるだけかみしめて、それでもし納得しなければ捨ててやれ、という気になったわけです。

よくいう比喩ですが、私は生まれながらにして、母親におしきせの洋服を着せられていた。それは洋服で、私の日本人としての体に合わない。あるときはダブダブ。あるときはつんつるてん。こんな洋服は早く脱ごうと思って、私は若いころは何度脱いだかわからない。脱いだあと素裸になって、私は着るものがない。一度、マルキシズムというのを着てみようと思ったが、着てみるとどうも私の体には合わなかった。また裸です。ほかにこういうのを、と思ったが、着てみるとやっぱり合わない。つまり、母親に対する愛着、母親のくれたものに対する愛着の方が強かったので、いやいやながらおしきせを着ていたのです。

やがて、この洋服を、自分の体に合った和服に仕立て直そう、和服に仕立て直せなかったら、ほんとうにもう決別しよう、という気持ちになりました。これが、私の人生の一つの根幹を成しています。これをごらんになっただけで、私がいかに自立していないかがおわかりになると思います。

母親は、私の人生の支えになっています。母親を例にあげましたが、先生も、兄弟も、友人も、あの人も、あの人もいます。あの人と僕が友人になったのは、あの人といっしょに外国にいったのは……そういうことを、この年齢になってふり返ってみると、無秩序ではなかった、一つの秩序があった、一つの理由があった、と考えざるをえない。若い人にいうと失笑されるかもしれないが、私は「縁」ということを、非常に考えます。あの人の人生を私が通過し、私の人生をあの人が通過したという、縁です。私はなぜエリザベス女王と結婚しないで、あの女と結婚したのだろう。エリザベス・テーラーとだって結婚できたのに。女房は一字違えば藤純子だったのに。やっぱり縁があったのだろう。遠藤《ママ》純子というのは。

人間は「人の間」ではじめて人間になると聞いたことがありますが、私も、実に、だれかとだれかとの関係において人間は成長するのだと、わかってきました。

さて、私は文学共同体のなかで生きてきましたが、同時に、今の時代のなかで生きています。十五世紀や十九世紀、封建時代やロマンチシズムの時代に生きているのではない。現代のなかに生きています。同時代の人々の思想的なものは私の上に痕跡を残し、同時代の人々の文学は私の上に問題を投げる。これが縁です。

今の文学の問題は、ひと言でいえば、人間を今までの方法では書けなくなった、ということです。それは、今までの見方で人間を見ることはできなくなったということです。無意識が問題になってきたからです。

かつては非常に簡単な説明しかしなかった。芥川龍之介の小説に『手巾《ハンケチ》』という短編があります。子供を亡くした母親のところへフランス人が訪ねてくる。母親は子供の死を語りながらにこにこしている。そのフランス人は不思議でしようがない。すると、何かの拍子に母親が、手にしていたハンカチを落とした。ハンカチは握りしめられている。この母親は、笑顔を示しながら、ハンカチを握りしめて、悲しみに耐えていたのだった、というものですが、こういう書き方は、今の小説家にはできないのです。芥川の小説のように人間の虚栄心のなかにエゴイズムがあるとか、スタンダールの『赤と黒』のジュリアン・ソレルのように、すべての行動が野望と野心からはじまっているとか、バルザックの『ゴリヨ爺さん』のように、すべて父性愛から行うとか、そういう書き方はできない。心理を単純に書くことはできないのです。

考えてみれば、そんなことがあるでしょうか。人間の行為は、一つの心理で割り切れることはないでしょう。私たちの一つの行為のなかには、いろいろな心理がからみあっていることがわかってきた。ある人が思想のために死んだとする。ただ思想のために死んだという書き方は、もう今の私たちにはできない。そのなかには虚栄心も、自己満足も、他を追い抜こうとする気持ちも、いろんな心理や、人間の汚いものがゾロゾロ入っているわけですから、昔の小説のように、単純明快には書けない。

私の好きな小説に、『テレーズ・デケイルー』があります。ここには、非常に現実的な娘が出てくる。このテレーズは、たとえばキスしているときも、薄目をあけて見るような女です。顔も気立てもよい財産もある男と結婚したが、いっしょに暮らしてみると、その男のそばへ寄ると何だか胸が重く、腹が重く、何か不消化な感じがしてきた。きらいではないけれど、疲れてくる。やがて男は心臓が悪くなって、劇薬を飲まなければならなくなる。ある夏の暑い日、男は窓から山火事を見ながら、劇薬を一滴、二滴、三滴とコップの水に落とす。その指に毛がはえているのをテレーズは、何か不消化な感じで見ている。男はふと気づいて、「三滴落としたかな」と尋ねる。テレーズは何ともいえぬ疲労感で黙っている。別に「入れてない」とウソをついたわけではない。男はもう三滴入れて飲む。テレーズは黙って見ている。吐いて、具合の悪くなった男を看病しながら、テレーズは、もしこういう機会がもう一度あったら、もう一回だけ同じようにやってみよう、もう一回やって何も起こらなければ、永久にこの人の忠実な妻になろうと考える。そして、その機会があった。もう一回試みたのがばれて、テレーズは別居させられてしまう、というものです。

この小説は、一つの心理からこうなったという人間の見方はしていません。なぜ自分でそうしたか、テレーズはわからない。「なぜあんなことをした」と、夫に尋ねられて、「おそらくあなたの目のなかに、自己満足があったからでしょう」と、答えはするのですが。

この男は普通の男で、けっして悪い男ではないと思います。私は同情する。彼は、たとえば新婚旅行でルーブル美術館へいくと、これとこれは有名な絵だから見ておかなければ、といって見る。食事のとき、「どうして食べない。これは高いんだぞ」という。私もそうだから彼の気持ちはよくわかる。悪い男ではないが、テレーズは「あなたは、これはいい、これはいけない、とはっきりわかっている男だ。人生において一たす一は二、とわかっている男だ、私はそれがいやだった」というが、それだけではない。彼女には説明ができない。この小説は、人間の心理は一つに割り切れない、人間の心のなかに無意識があって、その無意識によってわれわれはいろんなことをしている、ということを表そうとした試みです。

今の小説を読めばわかりますが、この無意識と取り組もうとしているものが多いのです。いろいろ手法があります。父性愛だからこうしたというように、分析して書かない。ただ行為だけを書く。カミュの『異邦人』もそうです。「太陽光線が目に入って、目がくらんだ。そのとき銃声がした」。こういう書き方が多くなりました。つまり、映画と同じ手法です。映像では心理はこうこうで、と説明できない。

これは単なる手法の変化ではなくて、背後に、フロイト以来の精神分析から、無意識がどんなに人間を動かしているのかを知ったことがあると思います。私も、この世代の作家として無意識を考えざるをえなくなっているのです。

ただ私は、他の作家とは違うところがあります。他の作家にとって無意識とは、フロイトなどで知られているように、無意識のなかから生じたものが抑圧されて、コンプレックスとなって、無意識のなかに入っている。そういう考え方です。意識の背後に無意識があり、心の奥に心を越えたものがある、という考え方は、いろいろな宗教でいわれているのではないでしょうか。仏教は、煩悩や執着にとらわれた自我を捨てたところに、ほんとうの自分があるといっている。それが空でも無でも、何といってもいいのですが、意識というものを捨てなさい、そこから仏のみ心が出てくる、といっています。

現代では、意識に対する信用、信頼感が、十九世紀や、今世紀の初頭と比べてもどんどん薄くなっています。かつて、われわれは、言葉を信用したし、意識を信用した。その上でものを考えるのが学問であったわけですが、今は意識への信用がどんどん下落していて、やがてなくなってしまうかもしれない。仏教の考え方が見直されてきたのは、そういうことからではないか。本質的自我と仏のみ心が入ってくるのは、意識の背後にである、という考え方に共通するものがあるのではないでしょうか。

たとえば八木誠一さんなど、キリスト教学者が、仏教とキリスト教の接点として、こうしたらいかん、ああしたらいかん、こうしなければ、という戒律をいくら作ってもだめで、こういう戒律を超えたところからキリストが出てくる、という点をあげています。パウロスが、戒律を超えたところでキリストを見た、ということは、戒律は意識ですから、これを捨てること、意識の世界を放棄することからキリストの世界が始まったということであり、そこに仏教との共通点を見ているのです。

同様に、意識の背後に無意識を探究することが、今、一つの小説の問題点になっているといえますが、さきに述べたように、私が他の作家と違うことは、無意識を抑圧の場と考えないことです。われわれの心のなかにある無意識の世界が、人生の上に、行為の上に、いかに大きく作用するかは認めざるをえないのですけれども、この作用が何か、というと、私は神秘という作用であると思う。これが他の作家と違う面だと思います。なぜ私がこの神秘を認めるかというと、自分の人生経験からです。

われわれは他人を見たとき、こういう人だと思う。逆に人から見られて、こういう人だと思われる。われわれの存在は、ひょっとすると、他人からどう見られたかということの集合でできているのではないでしょうか。

私は伝記を書きましたが、書きながらいつも疑問に思う。たとえば小西行長なら、これは私の見た小西行長であって、そのほか田中君の見た小西行長があり、木村君の見た小西行長があるだろうが、ほんとうの小西行長はそれだけではない。小西行長がそれを聞いたなら、「それは僕のすべてではない」というに決まっています。私が死んだとすると、遠藤はほんとうにいいやつだったとか、悪いやつだったとか、こういうやさしいやつだったとか、バカだったとか、いろいろいわれるでしょう。私はそれを聞いていて「それもそうだけれど、それが私のすべてではない。私にはまだ君たちの知らない部分がある」というでしょう。だれだって必ずいうでしょう。

僕はこうして話していますが、ほんとうは仮面をかぶっているのです。無意識のうちに、「遠藤は賢い」と思われたいとか、そういった社会的イメージで接しているのですから、これはほんとうの私ではない。

テレーズは夫を何とも不消化な男と見ていたが、ほんとうの彼はそれだけの人間ではなかった、と断言できます。妻の見ていた彼とは違う何かがあった、ということをモーリヤックはわずか二行しか書いていませんが、この二行が、この小説の決め手なのです。人間を見る目が養われていなければこの二行はなかなか見つからないでしょう。

われわれの見られている自分というのは、意識のなかの自分です。しかし、そうではない、無意識の自分があります。モーリヤックにはまた『蝮《まむし》のからみあい』という小説があって、家族もみんなきらっているし、自分でも、俺はこういういやな性格で悪い男だ、と思っている男がでてきます。しかし、自分で気づいていない、とてもいいところがある。それが死ぬ前になって顔を出す。彼自身も知らなかった彼のよさ、エゴイズムや貪欲やケチといったものを含んでいながら、彼の無意識のなかにあった一番よいところが顔を出し、それが彼を救うのです。無意識とは、単なる無意識ではなくて、神秘だ、と私がいうのはそこなのです。この私の感じる神秘を、何といえばいいかよくわかりませんが、たとえていえば、ここに手品の箱がある。これにハトをパッと入れ、ワッというと卵になっている、そういう手品の箱です。この箱に石を入れると、宝石になっていた、という手品があるとしましょう。われわれの無意識のなかで、石が宝石に変わるということがあるのです。これは、私たちが用いるすりかえの技法というものなのです。

あの女性のためなら二時間ぐらい雨のなかに立っていたって平気、ということがあるでしょう。自分を犠牲にしても平気なのです。それでいて、その人と愛しあっていても、どこか心の底で満たされないものがあるでしょう。どんなに愛しあっていても、完全に相手を所有したと感じられない。愛欲は無限の所有欲ですから、際限なくほしがっていく。モーリヤックの描くドンファンが、愛欲と肉欲を追求しながら、しかし満たされない気持ちでいるという、つまり自己犠牲です。この犠牲に平気でなれるという気持ちです。キリスト教でいう犠牲と相似性があると思います。そしてどんなに愛しても、まだ心のどこかで完全には満たされないというように、愛は無限を求めています。そういうところも、キリスト教と類似性があると思います。

つまり、石は宝石に変わる可能性があって、それは無意識のなかにある、とモーリヤックは考えている。つまり、この世界のなか、人生のなかでいかなるものもむだではないということ。口べたなことは聞き上手なこと、というように、いかなる悪も、いかなる正義も、そのなかへ入っていくことは神秘だと思うのです。無意識のなかで抑圧されたほど、石を宝石に変化せしめる何ものかが、無意識のなかにある。これを神の恩寵といってもいいが、神秘です。それをわれわれは人生のなかで探究しているのです。ミステリー小説では、探偵が犯人を探してきて、やがてあいつだ、とわかる。われわれの人生もやはりミステリーですね。人生の意味がわかっていたらどうでしょうか。五ページ目で犯人がわかったら、探偵小説なんて読む気がしないでしょう。人生だって同じではないでしょうか。犯人とは、人生の意味です。われわれはそれをずっと探していって、最後のページでわかるから、生きがいがあるのではないでしょうか。二十歳や三十歳で人生の意味がわかったら、生きるのは絶対におもしろくない。私など五十歳になってもわかりませんね。このように無意識のなかに神秘があると感じるところが、私が他の作家と違うところだと思います。

無意識の問題となりますと、原型ということがいわれます。無意識のなかに、われわれみんなに共通した原型がある。あなたの夢にも私の夢にも共通した原型があるということです。それは、たとえばグレート・マザーと呼ばれる母親の形をしている。母親の夢を見るわけではなく、大きな沼の夢を見るわけです。その沼に吸いこまれておぼれてしまう。

母親が子供を育てるという度を越して、抱え込んでしまう。母親に拘束されている子供が、そういう夢を見るわけです。またわれわれは理想的女性とか男性とか、理想的母親とか老人とか、一人ひとり違ってはいても、そういう原型を無意識のうちにもっています。それは人類がずっともちつづけているものなのです。それが夢のなかに出てくる。

この原型に触れなければ、文学は感動を与えることはできません。私の小説が、だれかに感動を与えたとすれば、それはその人の心のなか、無意識のなかにもっている原型を、私がもっている、それと同じ原型が揺さぶったからだ、と私は思います。同じ原型を私たちがもっていて、私の原型が、だれかの原型を揺さぶる、触れる、刺激する、ということが、文学を成立させる。さきほど、すりかえということをお話ししましたが、すりかえは、原型の問題と非常に関係があります。

これまでお話ししてきたことは、私が小説を書いて、人間を観察して、私の人生を生きてきて、私自身のなかに少しずつ育った考えです。整理しますと、人間には、われわれが考えている以上に、考えの及ばぬほどに、われわれのつかめない深いものがどこかにある。その深いもののなかに、何か働いてくるものがあり、それは私の意識が働くのではなく、意識を超えた何かが働いているのだ、ということなのです。

聖書はなかなか縁遠いものです。私もそうでした。それで私は、二つのおもしろい読み方をしました。

一つは、聖書のなかに、私と同じ人間はいないかと思って読むのです。私のように卑怯で、弱く、野蛮な人間はいないかと思って読んだら、いますねえ。キリストを裏切ったやつとか、キリストを捨てて逃げたやつとか、そういう私とよく似た人がいます。それで私は小説を書こうと思いました。十二使徒の次の十三番目の人で、名をズボラというのですが、そいつはいくら起こしても起きない。大飯は食らう。イエスス様がお話ししているときも居眠りをする。そいつを書いてやろうと思って書き始めましたが、途中でやめて『沈黙』のキチジローに変わってしまいました。

もう一つは、十九世紀以来の、とくにプロテスタントの聖書学者の研究と関連しています。ほぼ半世紀にわたって研究した結果、イエススが生まれたのはベトレヘムではありえない、ナザレトであって、あれは旧約で救世主が生まれるのはベトレヘムといわれているからそうしたのだとか、十二月二十四日ではなかったとか、これはあてにならない、ここもあてにならない、ということになった。探究すればするほどそうなってくる。キリストが確実に行った行為、言葉というと、もうほんとうに小さいものになる。そのためにキリスト教をやめる学者も出てきましたが、その問題はまた別のことです。

さて、なぜ小説を書くのかといえば、こういうことです。たとえばセザンヌが描いたある山の絵と、その山を比べてみると、ここもここも違う。この絵があの山であるとは絶対に思えないわけです。セザンヌはその山を描きました。その風景は彼に描かれることによって、事実から真実に飛躍したのです。私がある人物をモデルに小説を書く場合、私はその人を事実から真実に飛躍させ、移行しようとします。もしも、セザンヌやゴッホの絵を、事実ではないとして切り捨てるなら、ほんとうに愚かなことです。イエスがベトレヘムで生まれたというのはうそでしょう。私はそれが事実かどうかは問題ではないと思います。何世紀にもわたって、人々は、一年に一度だけでいい、雪が降り、星が光り、幼子が生まれ、雪が汚いものをすべて浄化していく、それとともに自分も清くなりたい、という欲求をもちつづけた。そういう人間的条件としての欲求から出てきたものです。それは、事実ではなくとも、真実なのです。私は、それを知ることができます。私の書いた『沈黙』には、事実のモデルがありますが、私は自分なりに、事実よりももっと彼の世界を真実に近づけた。私の書いた小西行長は、事実上の小西行長よりもっと深く、もっと高い小西行長に移行したつもりです。そう努力したつもりです。私の書いた人物には、それぞれモデルがありますが、その人の人生から、もっと別の次元とのかかわりあいのなかに、私は移行したつもりです。私は、それが文学と人生のかかわりあいだと思っています。それがなかったら、文学など必要ありません。人生は、単なる事実だけでできていることになります。

この、事実から真実への移行、すりかえを行う何かが、無意識のなかの神秘と私がいったことなのです。石を宝石に変えてくれる何かです。

聖書を読んでわれわれが感動するならば、それは聖書のなかに、われわれの無意識のなかの原型を揺り動かす何かがあるからでしょう。もしなかったなら、聖書はあれほど文学的にすばらしいものではあり得ないでしょう。事実でなく真実として受けとめようとしたとき、聖書は私にとって再び文学の一つの手本になることができたのです。

解説――無名の人たちの悲しみを背負う

今井真理

一九五〇年六月四日、戦後初の公費留学生として一人の青年が横浜港からフランス、マルセイユへと旅立った。彼には明確な目的があった。日本対西洋、汎神論対一神論、「白」対「黄色」、そして「黒」という、人種の問題などを自分自身の問題としてとらえること。そして何より、アンドレ・ジイド、フランソワ・モーリヤックをはじめ、ジュリアン・グリーンなど宗教と文学の矛盾に苦しんだ作家たちを、彼らの作品が生まれた国、土壌で理解を深めることも大切な目標だった。

遠藤周作は帰国後の自身の姿を想定していた。それは大学の研究室に残ること。つまり学者として、または評論家として生きていくということである。しかし、この船旅の最中、彼はある決心をする――小説家として生きていく。

「むなしく死んだ学徒出陣の友だちの屍《しかばね》が、あの薔薇《ばら》色のマニラ湾に何かを歎きつづける限り、また、コロンボの白い街で、英国の少女が無邪気にまぶしい日の光の中で笑えるのに、マレー人の少女はぼくにまで金を乞《こ》わねばならぬ、そうした不合理な状態が世にある限り、ぼくはぼくだけが、シェークスピアやラシーヌにとりすがっているわけにはいかぬ。現代の青年の一人として、この時代のかなしみや苦悩を他の人と共に背負わねばならぬ」(「赤ゲットの佛蘭西旅行」)

この船旅で、青年遠藤は四等船室、つまり船底で多くの人たちに囲まれて過ごした。そこには彼が船酔いした時に毎日見舞ってくれた黒人の兵士がいた。夏蜜柑を分けてくれた貧しい中国人の母親もいた。そして、途中、寄港した時に現地で目にしたものは、旅行者に金を請う五、六歳の少女の姿だった。この時示された決意、彼らを見棄てず、その悲しみに心を寄せ、苦しみを共に背負うことはのちの遠藤文学の柱となる。

遠藤周作は初期評論「カトリック作家の問題」でもうひとつの覚悟を述べている。カトリック者は絶えず、闘わなければならない、闘う相手は自分自身であり、罪や悪魔だけではなく神にたいしても同様であると論じた。つまり、「カトリック文学は神や天使を描くのではなく、人間を、人間のみを探求すれば、それでいい。(中略) カトリック作家は、作家である以上何よりも人間を凝視するのが義務であり、この人間凝視の義務を放擲《ほうてき》することはゆるされない」と。罪や悪を凝視しつつ、罪を犯す人間を見つめ、カトリック作家としては困難ではあってもそこに共感を感じる、この姿勢もまた、初期評論の時から変わらない遠藤文学の柱である。

留学時代、遠藤周作は時を惜しむかのように勉学に励む。学んだフランス文学は自らの文芸作品のなかに生かさなくてはならない。日本人の心には善も悪もないという汎神論的土壌のなかに生きてきた青年にとって、人間の内部、魂にふれる西洋の文学は憧れであった。最もひきつけられた作家はモーリヤックであり、ジュリアン・グリーンであった。たとえばグリーンの『宿命《モイラ》』についてふれた箇所は若き遠藤の心が語られる一節である。

「『ぼくは神にふれたい。神のしるしを見たい』とジョゼフは絶叫しますが、それは、とりもなおさず、カトリシスムに最接近しだした頃のグリーンの苦しみだったと思います。人間の運命が、宿命的な魔力にひきずられているこの地上にあって、彼等の心からの叫び、訴えに、神は何故、押し黙っていられるのか。その永遠の沈黙がある限り、よし、神があっても、この地上は『宿命《モイラ》』の世界である」(「情欲の深淵」)

　初期評論で繰り返された罪や悪、そして神の存在すら感じない日本人の心や、神の声を聞きたい、という願いは『沈黙』に至るまでかわらない。そして何より、この留学で見つめたもの、それは神だけではなく、人間、ありふれた日常を生きる人間たちの哀しみであった。

　本書には多数のエッセイ他、初期評論が掲載された。遠藤周作は「宗教と文学」について多くの論文を書いているが、「日常的なものと超自然的なもの」では第三の新人と呼ばれた仲間、その彼らから「日常的なもの」の大事さを教えられたと述べた。そして遠藤文学のヒントを自らこう明かした。「私はこうした日常的なもの、日本の日常的なものの中に私の信仰する基督教的な神の投影がいかようにあるかを描きたいと思う」と。勿論その困難さを作家は一番理解している。たとえばモーリヤックならランド地方の日常性から読者は神の存在を見出すことができる。またグレアム・グリーンならロンドンの日常的な事物「バザーで売りだされる菓子を描きながらそこから神的なるものと超自然的なものを掘りさげていく」ことができるのである。しかし、と彼は問いかけた。果たしてキリスト教的伝統に乏しい日本の風土のなかで、如何に海外の作家たちのように神の投影が可能になるのか。次に示された一文には、遠藤周作の祈りにも似た決意が綴られている。「本当にふかい信仰があれば、我々はこの一見、根のない日本の日常性のなかにも神が存在することを鮮やかなイメージとしてとり出せる筈」という。

また、マルキド・サドについては「サドはワイセツか」をはじめ、なぜ、サドに関心があるのかを語る「獄中作家のある形態——サドの場合」など、「罪」という言葉では語ることが困難なものの正体をサドをとおして探る姿が描かれている。そのほか、フランス在住時、遠藤周作は「ナチ残虐展覧会」を見て「私は人間が神にはなれないにしても、悪魔にはなれることをこの記録と写真とで知った」などと論じたヴィクトール・E・フランクルの著作『夜と霧』、そして遠藤周作に大きな影響をあたえたモーリヤックの『仔羊』などについての論評、映画や演劇についてその本質に迫る「映画的映画に関する序説」、さらに多くの指摘があるように遠藤周作の人生に最も影響をあたえた母親についてふれ、「キリスト教を離れなかったのは、宗教に関心があったからではない。母親がだいじだったのです」と語った「文学と人生」なども興味深い一篇である。

そして本書の注目の作品のひとつは表題の「ころび切支丹《キリシタン》」である。この講演が行われたのは『沈黙』刊行前の昭和四十年、「月刊キリスト」に掲載され「弱者に救いはあるのか」が問われた。取り上げられたのは沢野忠庵、岡本三右衛門の二人、つまり、フェレイラとロドリゴであり、踏み絵を踏んだ彼らに救いはあるのかを問いかけた。切支丹史を読むと、強者は栄光に包まれ称賛されるが、「ころんだ」人間たちには救いがなかったかのように書かれている。そのことに関して反発を感じた作家は聴衆にこう語りかける。

「文学はここからその人の人生を味わうことですから、ほんとうにそういう裁断の仕方ができるものかどうかということを、小説家としては、やはりわが身に引き寄せて考えるわけです」と。さらに、踏み絵のなかのキリストは「踏んでもいい」と言ったのではないかと核心にふれ、つぎのように続けた。「キャラとか、ヘレイラというのは、われわれにとって、いちばん隣人のひとりになるんじゃないかと、わたしはそういう気がするわけです」。登場人物たちは決して特別な人たちではない。もしわれわれがその時代に生きていたら隣人になったかもしれない人たちである。その人たちの救いが問われた『沈黙』を読み進める上でも重要な収録作品である。

最後に、本書に掲載された貴重な一篇について述べておきたい。「ポール・ルイ・ランツベルク——その生涯と作品」である。

一九五一年、当時リヨン大学生であった遠藤周作はジャン・ラクロワ教授の家を訪ねていた。日記を参照すると何度も教授宅を訪れているので、正確な日にちはわからない。が、その日、若き遠藤は教授宅の机の上にあった詩稿に目をとめる。「夢につつまれた冬もいまはめぐってこぬ」から始まるその一篇が一人の作家をとらえた瞬間である。著者はランツベルク。彼は一九〇一年、西独のボン市に生まれた。当時の彼について遠藤周作はこう記している。

「ボンの街で彼が呼吸したものは人間の死の匂い、悲惨の匂い、肉欲の匂い」であると。ランツベルクは、当時ナチ党が権力を握りはじめたなか、一人のドイツ市民として抵抗した。彼はその後スペインに逃走したが、結局はナチの手に捕らえられた。人間性を無視した生き方をするのか、自身が自ら命を絶っても人間としての尊厳を守るべきか考え続けた彼が、その環境のなかでも、生きることにはきっと別の意味があることを見出していく。その過程を遠藤周作は次のように描く。

「熱のある身で私はこのエッセイを読み、死について幾らかでも学ぼうとした。ランツベルクは我々が死の彼岸になおも求める人格の永遠完成の希願《エスペランス》を、人間の本質とし、これをはかない幻望《エスポワール》としりぞけるハイデッガー等に反対している。この論文を通してランツベルクは宗教的世界の一歩前まで前進したのである」

私たち読者にはランツベルクは耳慣れない、遠い存在かもしれない。だが、ランツベルクに出会った頃の青年はその翌年喀血し、リヨンの安宿の屋根裏部屋で確かに「死の恐怖」に苦しんでいたと告白する。しかし、体の異常は前年からすでに始まっていた。当時の日記には一九五一年十二月一日に「J・ラクロワ教授」の家に行った様子が書かれており、その二日後の三日には「血たんが出る」と記され、年末には連日血痰が出たことが綴られている。「血痰はつづく。あと十年だけでも生きたい」(二十三日)、「病気、孤独、たったそんな事にも耐えられぬ程、卑怯な弱い男なのか……」(二十四日)、「血痰続く。血痰をみるごとに、ぼくは、自分の死をそこに発見する」(二十六日)と続く。そして翌年一九五二年六月、相当量の血痰を吐いた青年は「帰国を決意す」(六月十三日)と記した。その青年遠藤がランツベルクにふれた時の言葉は読者の胸を打つ。

「私はこの本を読み終った黄昏を忘れえない」

遠藤周作は、もし小説が、読者の心をうつとしたら、それは読者の持っている無意識の原型と作者の原型が同じで、読者のそれを「揺さぶった」からだと記した。この時、ランツベルクの原型は作家の原型を揺さぶったのだろうか。ナチの追及のなか自ら毒を取ることを考え続けたランツベルクが「生きることは十字架を背負う事なのだ」と書き、飢えも寒さも引きうけ、衰弱のため収容所で最期を遂げたことは作家の心に一条の光を届けたのだろうか。人間の底に沈む「無意識の領域」は留学を経て、一層遠藤周作の心に広がり続けた。そして多くの無名の人間たちが悲しみを抱えながらも生き続けた姿を、遠藤文学は確かにとらえている。

本書の刊行には多くの方々のご協力があった。掲載にご協力いただいた遠藤家に心より御礼申し上げます。元「三田文學」編集長・加藤宗哉氏には様々な点からご教示いただきました。あらためて感謝申し上げます。杉本佳奈学芸員には文献および資料の調査にご協力いただき、深謝いたします。また、長崎市遠藤周作文学館をはじめ、町田市民文学館ことばらんどなど、各文学館には様々な資料をご提供いただきました。深く感謝申し上げます。最後に、本書を企画、刊行いただいた河出書房新社編集部・太田美穂氏に御礼申し上げます。

初出一覧

フランス・カトリック文学展望――「望楼」一九四七年七・八月合併号　ソフィア書院

フランス・カトリック文学その後――「カトリック思想」一九四八年九月　第二十八巻第三号　エンデルレ書店

カトリック者と作家の矛盾――「文章倶楽部」一九五六年四月号　牧野書店

聖年について――「人間」一九五〇年二月号　目黒書店

カトリック作品をよむ時――「群像」一九五六年二月号　講談社

キリスト教と民主主義――「The Youth's companion」一九五八年一月号　日本英語教育協会

一つの反省から――「世紀」一九五八年七・八月号　中央出版社

マス・プロ芸術家――「芸術新潮」一九五八年八月号　新潮社

A・A諸国との文学的交流――「群像」一九五九年一月号　講談社

近代芸術観の盲点――「美術手帖」一九五七年七月号　美術出版社

日常的なものと超自然的なもの――「月刊キリスト」一九六三年四月号　日本基督教協議会文書事業部

ピエール・エマニュエル――「世紀」一九四九年十二月号　エンデルレ書店

ポール・ルイ・ランツベルク――「詩学」一九五三年七月号　詩学社

サドはワイセツか――「週刊公論」一九六〇年四月二十六日号　中央公論社

獄中作家のある形態――「世界」一九八六年二月号　岩波書店

渡邊一夫『狂気についてなど』――「三田文學」一九四九年七月号　三田文学会

長與善郎『切支丹屋敷』――「群像」一九五六年十二月号　講談社

島崎敏樹『病める人間像』――「群像」一九五八年二月号　講談社

信頼のおける観察――「週刊東京」一九五七年八月三十一日号　東京新聞社

日本で朽ちた西洋文人――「朝日ジャーナル」一九六六年十一月二十七日号　朝日新聞社

ヴィクトール・E・フランクル『夜と霧』――「知性」一九五六年十月号　河出書房
アンドレ・パロ『キリストの大地』――「みすず」一九六七年八月号　みすず書房
人間性をなくした現代――「朝日ジャーナル」一九六四年三月二十二日号　朝日新聞社
壮厳な光がさしこむ――「週刊東京」一九五八年三月一日号　東京新聞社
映画的映画に関する序説――「キネマ旬報」一九五九年四月　春の特別号　キネマ旬報社
日本のイマージュとフランスのイマージュ――「キネマ旬報」一九五九年七月　夏の特別号　キネマ旬報社
野郎どもと女たち――「知性」一九五六年五月号　河出書房
雪は汚れていた――「キネマ旬報」一九五七年五月下旬号　キネマ旬報社
ロマンス・ライン――「キネマ旬報」一九五七年二月特別号　キネマ旬報社
おとなしいアメリカ人――「キネマ旬報」一九五八年六月上旬号　キネマ旬報社
ころび切支丹――「月刊キリスト」一九六五年十二月号　日本基督教協議会文書事業部
宗教と文学――「全人教育」一九六五年五月号　玉川大学出版部
文学と人生――「世紀」一九八三年一月号・二月号　世紀編集室

◎表記について

一．旧字で書かれたものは新字に、歴史的仮名遣いで書かれたものは現代仮名遣いに改めました。

一．誤字・脱字と認められるものは正しましたが、いちがいに誤用と認められない場合はそのままとしました。

一．読みやすさを優先し、読みにくい漢字に適宜振り仮名をつけました。

一．作品中、今日の人権意識に照らして不適切と思われる語句や表現がありますが、作品執筆時の時代背景や作品の文学性、また著者が故人であることを考慮し、原文のままとしました。

遠藤周作（えんどう　しゅうさく）
一九二三年、東京生まれ。幼年期を旧満州大連で過ごす。神戸に帰国後、十二歳でカトリックの洗礼を受ける。慶應義塾大学仏文科卒業。五〇年から五三年までフランスに留学。一貫して日本の精神風土とキリスト教の問題を追究する一方、ユーモア小説や歴史小説、戯曲、「狐狸庵もの」と称される軽妙洒脱なエッセイなど、多岐にわたる旺盛な執筆活動を続けた。五五年「白い人」で芥川賞、五八年『海と毒薬』で新潮社文学賞、毎日出版文化賞、六六年『沈黙』で谷崎潤一郎賞、七九年『キリストの誕生』で読売文学賞、八〇年『侍』で野間文芸賞、九四年『深い河』で毎日芸術賞、九五年文化勲章受章。九六年、逝去。

ころび切支丹《キリシタン》　遠藤周作初期エッセイ

二〇二三年九月二〇日　初版印刷
二〇二三年九月三〇日　初版発行

著　者　遠藤周作
装　幀　鈴木成一デザイン室
発行者　小野寺優
発行所　株式会社河出書房新社
〒一五一-〇〇五一
東京都渋谷区千駄ヶ谷二-三二-二
電話　〇三-三四〇四-一二〇一（営業）
　　　〇三-三四〇四-八六一一（編集）
https://www.kawade.co.jp/

印　刷　株式会社亨有堂印刷所
製　本　小泉製本株式会社

Printed in Japan　ISBN978-4-309-03132-3